ずっとお城で暮らしてる

あたしはメアリ・キャサリン・ブラックウッド。姉のコンスタンスといっしょに，他の家族が皆殺しにされたこの屋敷で，ずっと暮らしている……。惨劇の起きた資産家一族の生き残り。村人から忌み嫌われ，外界との交流も最低限に止《とど》める彼女たちは，独自のルールを定めて静かな生活を送っていた。しかし従兄チャールズの来訪をきっかけに，美しく病んだ箱庭世界は大きな変化をむかえる。〝魔女〟と称された異色作家が，超自然的要素を排し，無垢な少女の視点から人間心理に潜む悪意が引き起こす恐怖を描く代表作。

登場人物

メアリ・キャサリン（メリキャット）・ブラックウッド……語り手の少女
コンスタンス（コニー）・ブラックウッド……メリキャットの姉
ジュリアン・ブラックウッド……二人の伯父
チャールズ・ブラックウッド……二人の従兄
ヘレン・クラーク……ブラックウッド家の友人
ジム・クラーク……ヘレンの夫
ルシル・ライト……ヘレンの友人
エルバート……食料品店経営者
ステラ……喫茶店の女主人
ジム・ドネル……村の男
ジョー・ダナム……大工
ジョナス……メリキャットの飼い猫

ずっとお城で暮らしてる

シャーリイ・ジャクスン
市田　泉訳

創元推理文庫

WE HAVE ALWAYS LIVED IN THE CASTLE

by

Shirley Jackson

1962

ずっとお城で暮らしてる

パスカル・コヴィチに

第一章

あたしはメアリ・キャサリン・ブラックウッド。十八歳。姉さんのコンスタンスと暮らしている。運さえよければオオカミ女に生まれていたかもしれないと、何度も考えたことがある。なぜってどちらの手を見ても、中指と薬指が同じ長さをしているんだもの。だけどそのままの自分で満足しなくちゃいけなかった。きらいなのは身体《からだ》を洗うことと、イヌと、うるさい音。好きなのはコンスタンス姉さんと、リチャード・プランタジネット（十五世紀イングランドの王族）と、アマニタ・ファロイデス――タマゴテングタケ（猛毒のあるキノコ）。ほかの家族はみんな死んでしまった。

台所の棚に載っている図書館の本は、最後に見たとき返却期限を五か月以上過ぎていた。これが最後に借りる本、永久に台所の棚にとどまることになる本だと知っていたら、ちがったものを選んだかしらとあたしは考えた。うちではめったにものを動かさない。ブラックウッド家は、乱雑《らんざつ》さや落ち着きのなさをよしとする一族ではないのだ。本とか花とかスプーンといった、いっとき表面に出ているだけのささやかな品もあるけれど、その下にはどっしりした家具調度という、ゆるぎない基盤がつねに存在している。あたしたちはなんでも必ずもとの場所にもどす。テーブルや椅子やベッドや絵や敷物やランプの下をぬぐったり掃《は》いたりするけれど、そうした家具を移動させることはない。母さんの鏡台《きょうだい》に載っている鼈甲《べっこう》の化粧セットは定位置から数分の一インチも動いたためしがない。ブラックウッド家は昔からこの屋敷で暮らし、自分たちの財産をきちんと管理してきた。新しいブラックウッドの花嫁が越してくると、すぐさま花嫁道具を置く場所が用意された。だからあたしたちの屋敷はブラックウッド家の財産の層でできていて、そのおかげで重みを増し、世の中に堂々と向き合っていられるのだ。

図書館の本を家に持ち帰ったのは、四月の末の金曜日だった。金曜と火曜はうんざりする日。なぜって、村へ行かなくちゃならないから。だれかが図書館と食料品店に行かなくちゃならない。だけどコンスタンスは自分の庭から先へは行かないし、ジュリアンおじさんは外出できない。だからあたしが週に二回村へ行くのは、誇りを守るためでもなければ、意地を張るためでさえなく、ただ本と食料が入り用《よう》だったからだ。家に帰る前、ステラの店に寄ってコーヒーを飲むのは、誇りを守るためだったかもしれない。誇りを忘れないでと自分に言い聞かせ、どんなに家が恋しくてもステラの店を素通りしたりしなかった。だけど理由はもう一つあった。店に入《はい》らなかったら、通りすぎるところをステラに見られ、怖気《おじけ》づいたと思われるかもしれない。そんなのがまんできなかった。

「おはようさん、メアリ・キャサリン」ステラはいつもそう言って手を伸ばし、濡れ雑巾《ぞうきん》でカウンターを拭く。「今日は元気かね」

「おかげさまで」

「コンスタンス・ブラックウッドは？　姉さんも元気かね」

「おかげさまで」

「あの人は？」

「まあまあよ。ブラックコーヒーをください」

別の客が入ってきてカウンターにつくと、あたしは慌てた顔を見せまいとしながら、コーヒーを置いて席を立ち、ステラにさよならとうなずきかけて店を出る。「元気でね」ステラはあたしが出ていくとき、判《はん》で押したようにそう声をかける。

図書館の本は念入りに選んだ。家にももちろん本はある。父さんの書斎は壁の二面が本で覆われている。でもあたしが好きなのはおとぎ話や歴史の本だし、コンスタンスが好きなのは料理の本。ジュリアンおじさんはぜったいに本を手に取らないけど、夕方原稿を書いているとき、コンスタンスが読書しているとごきげんがいい。ときどき頭をめぐらせてコンスタンスをながめ、うなずきかけることもある。

「何を読んでいるんだい？　いいながめだね、ご婦人が本を読む姿というのは」

「『調理の技術』という本よ、ジュリアンおじさん」

「それはすばらしいね」

もちろんジュリアンおじさんが部屋にいるとき、あたしたちが長いこと静かにすわっていられたためしはない。それはさておき、コンスタンスもあたしも、台所の棚にいまも載っている図書館の本を一度も開いたことがないはずだ。図書館を出たのは、天気のいい四月の朝だった。お日さまは輝いていたし、そこらじゅうで、はかなくて胸躍《おど》る春のきざしが村の小汚《こぎたな》さを透かして、ふしぎな現れ方をしていた。あたしは図書館の外階段で本を抱え、青空の下の枝々にほんのり芽吹いた緑をしばらくながめ、いつものことながら、村を通らず空をわたって家に帰れたらいいのにと考えた。外階段を降りてまっすぐ道をわたれば、道路のむこう側を通って食料品店まで行くことができる。でもそうすると、よろず屋の店先でたむろする男たちの前を通らなくてはいけない。この村では、男たちは若々しいままうわさ話に明け暮れ、女たちは陰気なたちの悪い疲労のせいで老けこんで、男たちが腰を上げて家に帰るのをひっそりと待っている。図書館を出たあと道のこちら側を歩いて、食料品店の向かいまで来てから道をわたってもいい。そのほうがましだったが、そうすると郵便局とロチェスター屋敷の前を通ることになる。その屋敷には錆《さ》びたブリキ缶、壊れた車、空《から》のガソリンタンク、古いマットレス、衛生器具、洗い桶などが山積みになっている。ハーラー家が持ちこみ、いつくしんでいる――と、あたしが心から信じる――品々だ。

ロチェスター屋敷は村でいちばん美しく、昔はクルミ材の羽目板《はめ》を張った書斎と二階の舞踏室があり、ベランダに薔薇《ばら》があふれていた。母さんの生まれた屋敷だから、ほんとうならコンスタンスのものになっていたはずだ。母さんの生家を見るのはいやだったけれど、郵便局とロチェスター屋敷の前を通るほうが安全だと、いつもどおりの結論を出した。道のこちら側は朝のうち日陰になっているので、たいていひと気がない。それに食料品店に寄ったあとは、どっちみちよろず屋の前を通って家に帰らなくてはいけない。行きも帰りもそこを通るなんて、とうていがまんできなかった。

村の外の〈ヒル・ロード〉や〈リバー・ロード〉、〈オールド・マウンテン〉には、クラーク家やキャリントン家といった人たちが、新しくりっぱなお屋敷を建てていた。その人人が〈ヒル・ロード〉や〈リバー・ロード〉に帰るには、村の中を通らなくてはならない。村の大通りは、州を横切る幹線道路でもあるからだ。でもクラーク家の子供たちやキャリントン家の息子たちは私立の学校に行っていたし、〈ヒル・ロード〉の台所で使われる食材は町や市街からやってくる。郵便は村の郵便局から〈リバー・ロード〉を通って〈オールド・マウンテン〉まで車で配達される。でも〈マウンテン〉の人たちは町で手紙を出し、〈リバー・ロード〉の人たちは市街で髪を切る。

幹線道路や〈クリーク・ロード〉に面した小さなあばら家に暮らす村人たちが、車で通りすぎるクラーク家やキャリントン家の人々に笑顔を向けたり、うなずきかけたり、手をふったりするのを見ると、いつだってふしぎな感じがする。ヘレン・クラークが料理人の忘れたトマトソース一缶とか、コーヒー一ポンドを買いにエルバートの食料品店にやってくると、みんなヘレンに「おはよう」とあいさつし、今日の天気はまあまあですね、などと話しかけるのだ。クラーク家の屋敷はうちの屋敷より新しいけど、りっぱさではうちにかなわない。父さんは村ではじめてのピアノを家に持ち帰った。キャリントン家は製紙工場を持っているけど、ブラックウッド家は幹線道路と川にはさまれた土地をまるごと所有している。〈オールド・マウンテン〉のシェパード家は村に役場を寄贈《きぞう》した。尖《とが》った屋根のある白い建物で、周りには緑の芝生が敷かれ、正面には大砲が据えてある。村に都市区画法をとり入れ、〈クリーク・ロード〉の掘っ立て小屋をとり壊して、村全体を役場にふさわしいものに造りかえてはどうか、という話が一度出たことがある。だけどだれ一人腰を上げようとはしなかった。そんなことをすればブラックウッド家が寄り合いに出る気になってしまうのでは、と考えたのかもしれない。村人たちは役場で猟《りょう》や釣りの免許を発行してもらい、クラーク家とキャリントン家とシェパード家は年に一度寄り合いに出席して、ハーラーのゴミ置き場を大通りから追放し、よろず屋の前のベンチを撤去《てっきょ》すべしという案に重々《おもおも》しく同意するのだが、村人たちは毎年楽しげに、それを上回る反対票を投じてしまう。役場の先を左に折れると、〈ブラックウッド・ロード〉がある。うちに帰るときはそちらへ向かえばいい。〈ブラックウッド・ロード〉は大きな円を描いてブラックウッドの領地をとり巻き、父さんの作らせた金網フェンスが一インチの隙もなく道沿いに延びている。役場からそう遠くないところに小径《こみち》への入り口を示す大きな黒岩があって、あたしはそこで門の鍵をあけ、中に入って鍵をかけ直し、森を抜けてわが家に帰る。

村の人々は、ずっとあたしたちを憎んでいた。

買い物にいくときはゲームをすることにしていた。思い浮かべるのは、遊戯盤が小さな升目《ますめ》に区切られ、遊び手がサイコロを投げて進んでいく子供向けのゲーム。そのゲームには〝一回休み〟とか〝四つもどる〟とか〝ふりだしにもどる〟といった危険がつきものだが、〝三つ進む〟とか〝もう一度サイコロをふる〟といったちょっとした助けもある。図書館がふりだしで、黒い岩がゴール。大通りの片側を進み、道をわたって、反対側を引き返し、黒い岩に着いたらあがりだ。出だしは好調で、あたしは大通りのひと気のない側を安全に進んでいった。ひょっとすると、今日はとびきりいい日かもしれない。ときどきそんな日があるけれど、春の朝にはめずらしい。とびきりいい日だったら、あとで感謝の宝石を捧げよう。

出発したときは早足で歩いた。深呼吸して進んでいき、よそ見をしたりしなかった。図書館の本と買い物袋を抱え、交互に動く自分の足に目を落としていた。母さんの古い茶色の靴を履いた二つの足に。郵便局の中からだれかに見られているのがわかった――うちでは手紙を受けとらないし、電話も持っていない。どちらも六年前がまんできないものになった――でも郵便局の中からのぞき見されるくらいならがまんできた。年寄りのミス・ダットンだ。ミス・ダットンはほかの人みたいに、面と向かってにらみつけてきたりしない。ただブラインドの隙間とか、カーテンの後ろから盗み見るだけ。あたしはロチェスター屋敷に目を向けなかった。母さんがそこで生まれたなんて考えたくもない。ときどき思うのだが、ハーラー家の人々は、自分たちの住む屋敷がコンスタンスのものになるはずだったと知っているのだろうか。その家の庭先では、いつも金物《かなもの》をつぶす音が鳴り響いていて、あたしの足音などかき消されてしまう。もしかするとハーラー家では、絶え間ない騒音が悪霊よけになると考えているのかもしれない。あるいは音楽好きの人たちで、その音を心地よいと思っているのかもしれない。ひょっとすると、家の中でも外と同じように暮らしていて、古い浴槽《よくそう》の中にすわり、古いフォード車の残骸《ざんがい》の上で欠けたお皿からディナーをとり、食べながら缶をガチャガチャ鳴らし、怒鳴《どな》り声でおしゃべりしているのかもしれない。ハーラー家の住むところでは、いつだって歩道一面にほこりがふきつけられている。

それから道をわたって（一回休み）、向かいの食料品店に行かなくてはならない。車が走りすぎる道路のかたわらで、あたしはいつも、人目にさらされた無防備なありさまで立ちすくんでしまう。大通りを走る車はたいてい通り抜けていく最中だ。乗用車もトラックもただ、幹線道路に沿って村を通過しているだけ。だから運転手がこちらを見ることはめったにない。地元の車は、運転手がちらりと意地悪な目を向けてくるから見分けがつく。あたしはいつもこう考える。縁石《えんせき》を越えて車道へ出たらどうなるかしら。すぐさまあたしのほうへ、ほとんど偶然のように車がつっこんでくるのかしら。ひょっとすると、ただあたしをこわがらせるためだけに、あたしが飛びあがるのを見るためだけに。そして次の瞬間、そこらじゅうで笑い声が上がる。郵便局のブラインドの陰から。よろず屋の前の男たちから。食料品店の戸口でのぞいている女たちから。メアリ・キャサリン・ブラックウッドがあたふたと車から逃げるのをみんなで見物し、あざ笑うんだわ。道の左右から車が来なくなるまでじっくり待ってから横断するので、二回休みとか、ひどいときには三回休みになることもある。

通りの真ん中で日陰から出て、人を惑《まど》わすまばゆい四月の日差しの中に入る。七月までに道の表面は熱でやわらかくなり、靴の底がくっついて、道をわたるのがもっと危険になるだろうし(メアリ・キャサリン・ブラックウッド、タールに足をとられて、迫ってくる車にちぢこまり、はるばる引き返して、もう一度やり直し)、建物はもっと醜《みにく》くなるだろう。村じゅうが一体となって、一つの時間、一つの様式を分かち合っている。まるで村人たちがその醜さを必要とし、それにたよって生きているみたいに。家も店も、さえないものや不愉快なものを中に入れるために、ぞんざいに大急ぎで建てられたように見える。ロチェスター屋敷やブラックウッド屋敷は、それに役場さえ、たぶん何かの偶然で、どこか遠くの、人々が品よく暮らしている美しい国からここに持ってこられたのだ。もしかするときれいな家々はつかまって——ロチェスター家やブラックウッド家や、両家が隠していた悪い心に対する罰として？——村に閉じこめられているのかもしれない。そうした屋敷がゆっくりと腐っていくのが村の醜さのあかしだ。大通りに沿った店の列は、あいかわらず灰色をしている。店の主人たちはその上階、一列に並んだ二階の部屋に住んでいる。規則的に並んだ二階の窓のカーテンは、白茶《しらちゃ》けていてだらんとしている。色とりどりになるはずだったものも、この村ではあっというまに生気をなくしてしまう。村が荒れはてているのは、決してブラックウッド家のせいではない。ここに属しているのは村の人たち。あの人たちにとっては、村だけがお似合いの場所なのだ。

店の列に向かって進んでいると、いつも腐敗のことが頭に浮かんでくる。燃えるような、黒々とした、痛みをともなう腐敗が内側から進行してきて、恐ろしい苦痛を味わわせる——村がそうなってしまえばいいのに。

あたしは食料品店で買うもののリストを持っていた。毎週火曜日と金曜日、あたしが家を出る前にコンスタンスが書いてくれるのだ。村の人たちが気に入らないのは、うちにいつもたっぷりお金があって、ほしいものはなんでも買えるということ。あたしたちはもちろん、お金を銀行から引き出してしまっていた。村人たちがうちに隠してあるお金についてうわさしているのはわかっていた。まるでそのお金というのが金貨の大きな山で、姉さんとおじさんとあたしが毎晩、鍵をかけた扉の奥で図書館の本も忘れてすわりこみ、その山の中に手をつっこんで、数えたり、積みあげたり、かき交ぜたりしながら、貧乏人をあざ笑っているみたいに。村には腐りかけた心がいっぱいあって、あたしたちの金貨の山を狙っているけれど、だれもかれも意気地《いくじ》なしでブラックウッド家をこわがっている。買い物袋から食品リストを出すとき、いっしょにお財布も出して、食料品店のエルバートに、お金を持ってきたこと、売らないわけにはいかないことをわからせてやった。

食料品店の中にだれがいようと関係なかった。あたしはいつもいちばんに接客された。エルバートか、顔色の悪い欲張りなおかみさんが、店のどこにいたってすぐさま駆けつけて、あたしの買いたいものを用意してくれる。ときどき学校の休暇中に年かさの息子が店を手伝っていると、二人はその子にあたしの相手をさせまいと、大慌てで飛んでくるし、一度小さな女の子——もちろん村に慣れていない子供——が店の中であたしに近づいてきたとき、おかみさんはひどく乱暴に引きもどして、その子に悲鳴を上げさせ、店じゅうを長いことしーんとさせたあげく、ようやく息をついてこう言った。「ほかに何か?」あたしは子供が近づいてくると、いつもカチカチになってまっすぐつったっている。なぜって子供が恐ろしいからだ。子供はあたしにさわるかもしれない。そしたら母親たちが鉤爪《かぎづめ》のあるタカの群れみたいに襲いかかってくるだろう。あたしはいつだってその光景を思い浮かべてしまう——舞い降り、襲いかかり、するどい鉤爪で大けがを負わせる鳥たちの姿を。

その日はコンスタンスに買っていくものがうんとたくさんあった。店に子供が一人もいなくて、女たちもそう多くないのを見て、あたしはほっとした。〝もう一度サイコロをふる〟だわ、と考えて、エルバートに話しかける。「おはよう」

エルバートはこちらにうなずきかけた。まったくあいさつしないわけにはいかないけれど、店じゅうの女たちが目を光らせていたからだ。背中を向けているあたしにも、後ろにいる女たちの気配が伝わってきた。缶詰や詰めかけのクッキーの袋、一玉のレタスを手にしたまま、身体を動かそうともしない。だけどあたしがドアから出ていったら、いっせいにおしゃべりを始め、またたくまに自分たちの暮らしにもどっていくのだろう。後ろのどこかにミセス・ドネルがいる。店に入ったとき姿が見えたのだ。以前にもそう思ったのだが、あの人はあたしが来ると知っていて、わざわざ買い物に来るんだろうか。なぜって、必ず何かしら言おうとするんだもの。口をきく人は少ないけれど、ミセス・ドネルはその一人だ。

「ロースト用のチキン」あたしがエルバートに言うと、欲張りなおかみさんが店の反対側で冷蔵ケースをあけ、チキンをとり出して包み始めた。「小さめのラムの脚。ジュリアンおじさんは春の最初の日に、ローストしたラムをいつも食べたがるの」言わなければよかった。小さく息を呑む音が悲鳴のように店じゅうにわき起こる。あたしがほんとうに言いたいことを口に出したら、女たちはウサギみたいに逃げていくだろう。とはいっても、外でもう一度寄り集まって、その場であたしを見張っているだけのことだ。「タマネギをください」あたしはエルバートに向かってていねいに言う。「あと、コーヒー、パン、小麦粉。それからクルミとさとう。さとうがなくなりそうなの」背後で小さなおびえたような笑い声が上がる。エルバートはそちらをちらりと見て、カウンターに並べかけた品物に目を落とした。じきにおかみさんがチキンと肉を包んで持ってきて、ほかのもののとなりに置くだろう。帰るしたくができるまで、ふり向くことはない。「ミルクを二クォート。クリーム半パイント、バター一ポンド」六年前、ハリス家が乳製品を配達してくれなくなったので、いまではあたしが食料品店からミルクやバターを買って帰る。「卵一ダース」コンスタンスはリストに卵を書くのを忘れていたけれど、うちにはもう二個しかなかった。「ピーナツ・ブリトル（キャラメルをかけて固めたピーナツ）一箱」ジュリアンおじさんは今夜原稿を書きながら、おしゃべりの合間にボリボリ食べて、べとべとになって寝床《ねどこ》に入るだろう。

「ブラックウッド家じゃ、いつも大ご馳走だったよねえ」ミセス・ドネルだ。あたしの後ろではっきりとそう言い、だれかがくすくす笑って、ほかのだれかが「シッ」とたしなめる。あたしはふり向かない。女たちののっぺりした灰色の顔と悪意に満ちた目なんか見なくても、背後に存在を感じるだけでじゅうぶんだった。みんな死んじゃえばいいのにとあたしは思い、それを大声で言いたくてたまらなかった。コンスタンスは言う。「気にしてるところを見せてはだめよ」それから「注意をはらったりしたら、あの人たち、もっとたちが悪くなるわ」――たぶんそれは当たっているのだろう。だけどあたしはやっぱり、みんな死んじゃえばいいのにと思う。いつかの朝、食料品店に入っていくと、だれもかれも（エルバート夫妻と子供たちまで）苦痛に泣き叫びながら転がっていて、死にかけていたならすてきなのに。そしたらあたしはその人たちの身体を乗り越えて、自分で食品を取るだろう。好きなものを棚から取って、家まで帰る。ひょっとすると、転がってるミセス・ドネルを蹴飛ばしてやるかも。こんなことを考えるとき、やましい気持ちは少しも起こらない。ただ、ほんとうになればいいのにと願うばかりだ。「あの人たちを憎んではいけないわ」コンスタンスは言う。「そんなことをしたら、あなたが弱くなってしまうだけよ」

だけどあたしはこの人たちが嫌いでたまらないし、そもそもこんな人たちが生み出されたことに、どういう意味があるのかわからない。

エルバートはたのんだものをぜんぶカウンターに載せ、あたしの後ろの遠いところを見ながら待っていた。「今日はこれでぜんぶ」あたしが言うと、エルバートはこちらを見ずに紙切れに値段を書きつけ、勘定して、ごまかしていないことをはっきりさせるために、その紙をわたしてよこした。エルバートがまちがえていたことはないけれど、あたしはいつも念入りに数字を確かめるようにしていた。この人たちへの仕返しとして、あまりたくさんのことはできないにしろ、やれるだけのことはしてやるのだ。食品は買い物袋と、もう一つの袋にいっぱいになったが、家に持ち帰るには運んでいくしかない。もちろんだれも手伝いましょうかとは言ってくれないだろう。あたしが手助けさせるとしても。

二回休み。図書館の本と食料品を抱えてのろのろ歩きながら、歩道を進んでよろず屋の前を通り、ステラの店に入らなくてはいけない。食料品店の戸口で立ち止まり、身を守るための考えはないかと、頭の中を探ってみた。後ろで小さなみじろぎや咳払いが始まった。おしゃべりする気になりかけているのだ。店の左右の端から、エルバート夫妻が互いに目をぎょろりとさせて、やれやれという気持ちを表していることだろう。あたしは表情を固くこわばらせた。今日は庭でお昼を食べることを考えよう。歩いている足元が——母さんの茶色い靴が上がったり下がったりするのが——やっと見えるだけ目をあけて、心の中では緑のクロスをテーブルがわりに、黄色いお皿と白い鉢に盛ったイチゴを並べていく。黄色いお皿、と考えながら通りすぎるあたしに、男たちの視線が浴びせられた。ジュリアンおじさんにはやわらかい卵の中に、砕《くだ》いたトーストをまぜたものを出してあげよう。春はまだ浅いから、コンスタンスにたのんで、おじさんの肩にショールをかけてもらうのを忘れないようにしなくちゃ。目をやらなくても、にやにや笑いや身ぶり手ぶりが見えるような気がした。みんな死んじゃえばいいのに、そしてあたしが死体の上を歩いているならすてきなのに。男たちがじかに声をかけてくることはめったにない。ただお互いに話し合うだけ。「ブラックウッドの娘だぜ」一人がかん高い、あざけるような声で言った。「ブラックウッド農園の、ブラックウッドの娘だ」「ブラックウッド家は気の毒なことだったな」

別の男も、ちょうど耳に届くような声で言う。「まったく気の毒な娘たちさ」「りっぱな農園さね。農業にはうってつけの土地だ。ブラックウッドの土地を耕《たがや》せば、大金持ちになれるってもんよ。百万年て時間と三つの頭があって、何が生えてくるか気にしなけりゃ大金持ちさ。自分たちの土地をしっかり囲いこんでな、ブラックウッドの連中みたいに」「金持ちになれるぜ」「気の毒なブラックウッドの娘たち」「ブラックウッドの土地にゃ何が生えるかわかんねえ」

あたしは男たちの身体を踏みつけて歩いてる、あたしたちは庭でお昼を食べていて、ジュリアンおじさんはショールをかけている。このあたりではいつも、食品をしっかりと持つようにしていた。なぜっていつかのとてもいやな朝、買い物袋を落としてしまったことがあるからだ。卵を割り、ミルクをこぼして、拾える限り拾っていると、男たちが野次を浴びせかけてきた。あたしはぜったいに逃げ出したりしないと心に決め、缶や箱やこぼれたさとうを買い物袋に押しこみながら、逃げちゃだめよと自分に言い聞かせていた。

ステラの店の前では、指差すような形のひびが歩道に入っている。ひびはずっとその場所にあった。ジョニー・ハリスが役場のコンクリートの基礎につけた手形とか、図書館のポーチに残っているミュラー家の息子のイニシャルといった別の目印は、あたしの覚えているころにつけられた。役場が建てられたとき、あたしは三年生だった。でもステラの店の前の歩道のひびは、昔からそこにあった。店が昔からそこにあったように。あたしはローラースケートでひびを横切ったこと、そこを踏むと母さんの背骨が折れてしまうから、踏まないように気をつけたこと、髪を後ろになびかせながら自転車で通りすぎたことを覚えている。父さんは村の連中なんか屑《くず》だと言っていたが、あのころはだれも大っぴらにあたしたちを嫌ってはいなかった。母さんはいつかこう話してくれた。母さんがロチェスター屋敷の小さな女の子だったころも、ひびはここにあったのよと。だから母さんが父さんと結婚してブラックウッド農園に越してきたときも、ひびはそこにあったにちがいない。この村が最初に古い灰色の木材から作られ、邪悪な顔をした醜い人々がどこか救いがたい場所からつれてこられて、それぞれの家に住みついたころから、ひびはまるで指差すかのようにそこにあったのだと思う。

ステラはご亭主が死んだとき、保険金でコーヒー沸かしを買い、大理石のカウンターを店に入れた。でもあたしが覚えている限り、ステラの店にそれ以外の変化はなかった。コンスタンスとあたしは放課後この店に来て小銭を使い、毎日昼すぎに新聞を買って、父さんが夕方読むように家に持ち帰った。うちではもう新聞を買っていないけれど、ステラはいまでも雑誌や飴玉や役場を写した灰色の絵葉書といっしょに新聞を売っている。

「おはようさん、メアリ・キャサリン」あたしがカウンターについて食品を床に置くと、ステラが言った。村じゅうの人が死んじゃえばいいのにと願うとき、ステラは省《はぶ》いてもいいわと思うことがある。なぜってステラは、ほかのだれよりも親切というのに近いし、なんとか色を保っているただ一人の人だから。ぽっちゃりしていて血色《けっしょく》がよく、あざやかなプリント地の服を着ると、その服はちょっとの間《ま》あざやかなままでいてから、周囲の小汚い灰色に溶けこんでいく。「今日は元気かね」

「おかげさまで」

「コンスタンス・ブラックウッドは？　姉さんも元気かね」

「おかげさまで」

「あの人は？」

「まあまあよ。ブラックコーヒーをください」ほんとうはコーヒーにはおさとうとクリームを入れるほうが好き。なぜってすごく苦い味がするから。だけどこの店に立ち寄るのは誇りを守るためにすぎないから、最低限のものしかしるしとして受けとってはいけないのだ。

ステラの店にいるあいだにだれかが入ってきたら、あたしはすばやく立ちあがって外に出ていく。でもときには運が悪いこともある。この日の朝、ステラがカウンターにあたしのコーヒーを置いたとたん、入り口に影が差し、ステラが顔を上げて「おはようさん、ジム」と声をかけた。ステラはカウンターの反対の端まで行って待っていた。客がそこにすわれば、あたしがこっそり帰れると考えたのだ。でもやってきたのはジム・ドネルで、あたしはすぐさま今日は運が悪いとさとった。村人たちの中には、あたしが知っていて、個別に憎んでやれる本物の顔を持ったやつが何人かいる。ジム・ドネルと女房もその仲間だ。ほかの人々のように、習慣でなんとなくあたしたちを嫌っているわけではなく、意図的に憎しみをぶつけてくるのだから。たいていの人なら、ステラの待っているカウンターの端に腰をおろしたはずだが、ジム・ドネルはあたしがいる端へまっすぐにやってきて、できるだけあたしに近い場所、となりのスツールにすわった。けさはあたしを困らせてやろうともくろんでいたからだ。

「ちょっと聞いたんだが」ジムはスツールの上で身体を横に回し、まっすぐにこちらを見た。「あんたたち、引っ越すんだってな」

この男がこんなに近くにすわっていなければいいのに。ステラがカウンターの内側をこちらへ近づいてきた。この男に場所を変われと言ってくれないかしら。そうすれば、こいつのそばを苦労してすり抜けなくても、立ちあがって出ていけるのに。「あんたたち、引っ越すんだってな」ジムは重々しく言った。

「いいえ」返事を待たれていたので、あたしは答えた。

「おかしいな」ジムはあたしからステラに視線を移し、またあたしのほうを見た。「あんたたちがもうじき行っちまうと、だれかに聞いたはずなんだが」

「いいえ」

「コーヒーかい、ジム」ステラがたずねる。

「どこのどいつがそういうデマを流したのかね、ステラ。そんな予定はねえってのに、このお嬢さんがたが引っ越すだなんて、だれがこのおれに話そうと思ったのかね」ステラは ジムに向かって首をふったが、顔には微笑を浮かべまいとしていた。見るとあたしの手は、ひざの上で紙ナプキンをつかみ、角を小さく引き裂いていた。なんとか両手をおとなしくさせ、自分なりのルールを作る。小さな紙切れを見たら、ジュリアンおじさんにもっと優しくしてあげること。

「うわさってのは、どうやって広まるもんだか、わけがわからねえな」ジム・ドネルが言う。ひょっとすると、近いうちにジム・ドネルは死んでしまうかも。ひょっとするとこいつの身体の中ではもう腐敗が進んでいて、じきに命を奪ってしまうのかも。「村の中で、それに似たうわさを聞いたことあるかね」ジムがステラにたずねる。

「ほっといてやりなよ、ジム」ステラがたしなめる。

ジュリアンおじさんは年寄りで、死にかけている。残念なことに、ジム・ドネルよりも、ステラよりも、ほかのだれよりも確実に死にかけている。かわいそうなジュリアンおじさんは死にかけているんだから、ぜったいにもっと優しくしてあげなくちゃ。芝生の上でピクニックをしよう。コンスタンスはショールを持ってきて、おじさんの肩にかけてあげるし、あたしは芝生に身を横たえる。

「おれはだれも困らせちゃいねえよ、ステル。だれか困らせてるかね？　おれはただ、ここにいるミス・メアリ・キャサリン・ブラックウッドに、なんで町じゅうの人間がうわさしてるのかときいてるだけさ、このお嬢さんと姉さんがもうじきいなくなっちまうって。引っ越しちまうって。どっかよそへ行って住むんだって」ジムはコーヒーをかきまぜた。あたしは目の端でスプーンがぐる、ぐる、ぐるっと回るのをとらえ、笑い出しそうになった。ジム・ドネルのおしゃべりに合わせてぐるぐる回るスプーンには、なんだかすごく単純でばかげたところがあった。手を伸ばしてスプーンをつかんだら、この男は話をやめるかしら？　きっとやめるわね、とあたしは賢明に考えた。きっとコーヒーをあたしの顔にぶちまけるわ。

「どっかよそへ行っちまうって」ジム・ドネルは悲しげに言う。

「おやめよ」とステラ。

ジュリアンおじさんが話をするときには、もっとしっかり聞いてあげよう。ピーナツ・ブリトルを買って帰るところでよかった。

「おれはもう、うろたえちまってさ」ジム・ドネルが言う。「りっぱな古い一家が村からいなくなっちまうなんて。ほんとうに残念なこったろうな」ジムはスツールの上でぐるりと身体を回した。だれか別の人がドアから入ってきたからだ。あたしはひざの上の両手に目を落とし、もちろんだれが来たかとふり返ったりしなかった。でもそのとき、ジム・ドネルが「ジョー」と言い、それが大工のダナムだとわかった。「ジョーよ、こんなの聞いたことあるかね？　村じゅうのやつらがうわさしてんだ、ブラックウッド家が引っ越すって。だけどよ、ミス・メアリ・キャサリン・ブラックウッドがこちらにいらっしゃって、こうおっしゃるのさ、引っ越しなどなさらねえと」

ほんの少し沈黙があった。ダナムは顔をしかめ、ジム・ドネルとステラとあたしの姿を見て、いま聞いたことを考え、話を整理して、一語一語の意味を呑みこんでいるのだろう。

「いいかい、あんたたち」ステラが言いかけたが、ジム・ドネルはそのまま先を続けた。こちらに背中を向け、あたしがわきをすり抜けて外へ出られないよう両脚を伸ばしている。

「ついいましがた、みんなに言ってたんだ。古い一家がいなくなっちまうのは残念なこったと。まあ、ブラックウッド家の大半は、とっくにいなくなっちまったけどな」ジム・ドネルは笑い声を上げ、カウンターをぴしゃりとたたいた。「とっくにいなくなっちまった」ジムはそうくり返した。カップの中のスプーンは静止しているが、ジム・ドネルは話すのをやめなかった。「りっぱな古い一家がいなくなると、村から品格ってものがなくなっちまう。みんなこう思うだろうな」ことさらゆっくりとした口調で続ける。「連中なぞ、はなからおよびじゃなかったんだと」

「まったくだ」ダナムは笑った。

「りっぱな古い私有地に、フェンスを張って、専用の小径を作って、お上品に暮らしていらっしゃる」ジムはいつも、くたびれるまでしゃべり続ける。話すことを思いつくと、できるだけ何回も、できるだけ何通りもの言い方でしゃべるのだ。もしかすると、思いつきなどほとんどないから、それぞれをからからになるまで絞《しぼ》りつくさなくちゃいけないのかも。しかも、くり返すたびに話がおもしろくなると考えている。だれももう聞いていないとほんとうに納得するまで、このまま話し続けるかもしれない。あたしは自分なりのルールを作った——何ごとも一度しか考えないこと。そして両手を静かにひざの上に乗せた。

あたしは月の上で暮らしてる。月の上にあたしだけの小さな家があるの。

「さてと」ジム・ドネルが言う。臭いにおいまでさせている。「こいつはたしかな話なんだが、おれは昔ブラックウッド家と知り合いだった。覚えてる限り、連中はおれには何もしなかった、おれにはいつも完璧に礼儀正しかった。いや」ジムは笑った。「ディナーをごいっしょにと誘われたことはねえ。そんなことはなかった」

「いいかげんにおし」ステラが鋭い声で言った。「からむんならほかの相手にしな、ジム・ドネル」

「おれがだれにからんでるって？　おれがディナーに招待されたがってたとでも言うのかい？　そこまでイカれたやつだと思ってんのかい？」

「そういや」ダナムが言った。「こいつはたしかな話なんだが、一度あの家の壊れた外階段を直してやったのに、代金を踏み倒されたことがある」これはほんとうだ。コンスタンスがあたしを外へ出してこう言わせたのだ。きちんとした新しい段を作ってもらいたいのに、加工もしていない板を段の上に斜めに打ちつけるだけだったら、仕事の代金は払えないと。あたしが外へ出て代金は払えないと言うと、ダナムはこちらへにやりと笑いかけてつばを吐き、拾った金槌《かなづち》で板をはがして地面に放り投げた。それから「自分でやりな」と言い捨てて、トラックに乗り、走り去った。「代金を踏み倒された」、いまになって、そんなことを言っている。

「忘れてるだけにちがいねえよ、ジョー。行ってミス・コンスタンス・ブラックウッドにそう言うといいぜ。きっちり払ってくださるにちがいねえ。ただしディナーに誘われたらよ、丁重に礼を言って、断ったほうが身のためだぜ」

ダナムは笑った。「誘われまいよ。階段を直してやったのに、代金を踏み倒されたんだぜ」

「げせねえ話だな」とジム・ドネル。「家の修理なんかさせてるくせに、いつだって引っ越す算段ばかりしてるとは」

「メアリ・キャサリン」ステラがカウンターの中をあたしのほうへ来て言った。「家に帰んなさい。そのスツールから立ちあがって、家に帰るんだよ。あんたが行っちまわないと、この場はおさまりゃしない」

「おお、まさにそのとおりだ」ジム・ドネルが言った。ステラが目をやると、ジムは脚をどけてあたしを通してくれた。「ちょいと声かけてくれよ、ミス・メアリ・キャサリン。

そしたらみんなで荷造りを手伝いにいってやっからよ。声かけてくれよな、メリキャット」

「それとあんたの姉さんに、おれから――」ダナムが言いかけたが、あたしは急いでドアに向かい、外へ出たころには、聞こえてくるのは笑い声ばかりだった。二人の男と、そしてステラの。

あたしは月にある自分の家が気に入って、家の中に暖炉《だんろ》を作り、外には庭をこしらえた。(月の上ではどんな植物が元気に育つんだろう？　コンスタンスにきいてみなくちゃ)月にあるあたしの庭で、お昼を食べよう。月の上のものはとてもあざやかで、おかしな色をしている。あたしの小さな家は青色だろう。自分の小さな茶色の足が前後に動くのを見下ろし、身体のわきで買い物袋を軽くぶらぶらさせる。ステラの店には立ち寄った。あとは役場を通りすぎるだけ。役場にいるのは、イヌの鑑札《かんさつ》を発行する人と、幹線道路沿いに村を通過する車からとり立てた罰金を計算する人、水道や下水やゴミについて通知を出し、焚き火や魚釣りを禁止する人くらい。そういう人たちはみんな、役場の奥深くに埋《うず》もれて、あくせくと働いているだろう。禁漁期に釣りをしない限り、その人たちを恐れることはない。月の川で緋色の魚を釣ることを考えていると、前庭にいるハリス家の息子たちが目に入った。五、六人の男の子と騒いだり喧嘩したりしている。その姿が見えたのは役場の横の角を曲がったときだったが、まだ引き返して別の道を行くこともできた。幹線道路を小川まで進んで、小川をわたり、小径のもう半分を通って家まで帰ればいい。だけど時間が遅かったし、食料を運んでいたし、母さんの茶色い靴で小川に入るのは気が進まなかった。あたしは月に住んでるの、と考えて、足早に歩いていく。男の子たちにすぐさま気づかれた。その子たちが腐れはて、苦痛に身を丸め、大声で泣き叫ぶところを思い浮かべる。目の前で地面に転がり、身体を二つに折って泣き叫んでいればいいのに。

「メリキャット」男の子たちははやしたてた。「メリキャット、メリキャット」そしていっせいに移動して、フェンスのわきに一列に並んだ。

親たちに教わっているのだろうか。ジム・ドネルや、ダナムや、薄汚いハリスが、子供たちに定期的な訓練をほどこして、愛情たっぷりに教えこみ、声の高さをそろえるように指導しているのだろうか。そうでもなければ、これほどたくさんの子供たちが、これほど完璧に覚えられるはずがない。

メリキャット　お茶でもいかがと　コニー姉さん
とんでもない　毒入りでしょうと　メリキャット
メリキャット　おやすみなさいと　コニー姉さん
深さ十フィートの　お墓の中で！

あたしはその言葉がわからないふりをした。月の上でしゃべるのは、流れるような優しい言葉。星明かりの中で歌をうたって、死んでひからびた世界を見下ろすの。もう少しで、フェンスを半分過ぎる。

「メリキャット、メリキャット!」

「コニー姉さんはどこ?——家でディナーを作ってんの?」

「お茶でもいかが?」

自分の殻《から》にとじこもったまま、しっかりしたゆるぎない歩調でフェンスの横を過ぎ、地面を力強く、でも気づかれるほど急がずに踏みしめてゆくのは奇妙な感じだった。自分の殻にとじこもっていても、子供たちの視線は感じられた。殻の中のうんと深いところに隠れているのに、子供たちの声は聞こえるし、目の端でまだ姿も見える。みんな死んで地面に転がっていればいいのに。

「深さ十フィートのお墓の中で」

「メリキャット!」

あたしがフェンスの端にたどりつくころ、ハリス家の母親がポーチに姿を現した。何をそんなに騒いでいるのか確かめる気になったのだろう。母親はしばらく目を凝らし、耳を傾けていた。あたしは立ち止まって母親をながめ、生気のないどんよりした目をのぞきこんだ。話しかけてはいけないとわかっていたけど、話しかけてしまうこともわかっていた。

「やめさせてくれませんか」その日あたしは母親にそうたのんだ。この女の中に、あたしの話が通じるような部分があるのかしらと考えながら。この女は草の上を楽しく走り回ったことがあるのかしら。花をながめたことや、喜びや愛を知ったことがあるのかしら。

「やめさせてくれませんか」

「おまえたち」声も顔つきも雰囲気も、なんとなく楽しげなまま母親は言った。「お嬢さんの悪口を言うんじゃないよ」

「わかったよ、かあちゃん」息子の一人がまじめな顔で言う。

「フェンスのそばに行くんじゃない。お嬢さんの悪口を言うんじゃない」

あたしは先へ進んだ。子供たちはきんきん声を上げ、女はポーチで笑っていた。

メリキャット　お茶でもいかがと　コニー姉さん
とんでもない　毒入りでしょうと　メリキャット

あの子たちの舌は火を食べたように燃えてしまう。言葉が出てくるとき、喉も燃えてしまう。お腹の中では一千の炎より熱い苦痛を感じる。

「あばよ、メリキャット」フェンスの端を通りすぎるとき、子供たちが呼びかけてきた。

「あんまり早くもどってくんなよ」

「あばよ、メリキャット、コニーによろしくな」

「あばよ、メリキャット」だけどあたしは黒い岩のところまで来ていて、そこにうちの小径に通じる門があった。

第二章

門の鍵をあけるために、買い物袋を置かなくてはいけなかった。鍵は単純な南京錠《なんきんじょう》で、どんな子供でも壊せるようなものだったが、門には〝私道につき立入禁止〟の札があって、だれもそこを越えることはできなかった。父さんが小径《こみち》を閉め切ったときに札を掲《かか》げ、門を作り、鍵をとりつけたのだ。それ以前は、村からバス停のある幹線道路の四つ角に抜ける近道として、だれもが小径を利用していた。うちの小径を使い、うちの玄関先を通れば、四分の一マイルくらい近道になっていたはずだ。母さんはうちの玄関先を他人が通ろうとするのがいやでたまらなかった。だから父さんが母さんをブラックウッド屋敷につれてきたとき、最初にしなくてはいけなかったことの一つが、小径を閉め切って、幹線道路から小川にいたるまで、ブラックウッドの領地全体をフェンスで囲うことだった。あたしはめったにそちらへは行かないけれど、小径の別の端にもう一つ門があって、そこにも南京錠と〝私道につき立入禁止〟の札がある。「幹線道路はふつうの人たち用」母さんはそう言った。「うちの玄関はうちだけのものよ」

正式な招待を受けてうちを訪ねてくる人たちは、幹線道路わきの門柱から正面玄関までまっすぐに通じる私道を通ってくる。小さいころ屋敷の裏側の寝室に横たわって、よくこう考えたものだ。私道と小径は玄関の前で交わる十字路。私道を前後に行き来するのはよい人たち。清潔で、お金持ちで、サテンとレースの服を着ていて、うちを訪ねてくる権利がある。いっぽう、小径を左右に行き来し、こそこそと蛇行《だこう》したり卑屈に道を譲ったりするのは村の人たち。あの人たちは入《はい》ってこられない。木々が天井に影を落とす暗い部屋の中で横になって、あたしは何度となくそう考えたものだ。あの人たちはもう入ってこられない。小径は永遠に閉ざされてしまったのだから。ときにはフェンスの内側で草むらに身を潜め、村から四つ角まで幹線道路を歩いていく村人たちをながめたこともある。あたしの知る限り、父さんが門に鍵をかけてから、小径を使おうとした村人はいない。

買い物袋を中に入れると、門の鍵をていねいにかけ直し、南京錠がはずれたりしないか確かめた。南京錠が背後できちんとかかっていれば、あたしは安全だ。小径は暗かった。領地を有効に利用することをあきらめて以来、父さんは木も草も小さな花も伸び放題にさせておいたからだ。広い草地と庭を別にしたら、領地全体がうっそうとした森に覆われ、森の中の秘密の道を知る者はあたししかいない。やっと家に帰ってきたのでほっとして進んでいくあたしは、小径の途中のあらゆる場所、あらゆる曲がり角を知り抜いていた。コンスタンスは生えている草木の名前をぜんぶ知っていたけど、あたしはその生え方と生えている場所、どんなときも匿《かくま》ってくれることを知っていればじゅうぶんだった。小径についている足跡は、村まで行って帰ってくるあたしのものばかり。角を曲がったらコンスタンスの足跡もあるかもしれない。姉さんはときどきそこまで来てあたしを待っているから。だけど姉さんの足跡は大半が庭と屋敷の中についている。その日コンスタンスは庭の端まで出てきていた。角を曲がるとすぐにその姿が目に飛びこんできた。屋敷を背にして日差しの中にたたずんでいる。あたしは駆け寄った。

「メリキャット」コンスタンスがにっこりしてくれる。「見て、今日はこんなところまで出てきたのよ」

「ずいぶん遠くまで出てきたのね。気がついたらあたしといっしょに村まで来ているんじゃない?」

「そうなるかもね」

冗談だとわかっていても、あたしはぞっとした。それでも笑い声を上げてみせる。「やめたほうがいいわ。さ、なまけもののお姉さん、荷物を少し持ってちょうだい。ネコはどこ?」

「あなたが遅いから、ちょうちょを追いかけていってしまったわ。卵を買ってきてくれた? 言うのを忘れていたんだけど」

「もちろん。お昼は芝生で食べましょうよ」

あたしは小さいころ、コンスタンスを妖精のお姫さまだと思っていた。よくコンスタンスの似顔絵を描こうとしたものだ。長い金色の髪と、クレヨンで出せる限り青い目を描き入れ、両方の頰には明るいピンクの点をつけた。絵ができあがるといつもびっくりした。なぜってコンスタンスはほんとうにそんなふうに見えたからだ。いちばんみじめだったときにも、コンスタンスはピンクと白と金色で、その輝きを弱めるものは何一つないようだった。姉さんはいままでずっと、あたしの世界の中で何よりたいせつな人だった。あたしは姉さんのあとを追ってやわらかい草の上を横切り、姉さんが育てている花の横を過ぎて、屋敷の中へ向かった。するとあたしのネコ、ジョナスが花の中から現れ、あとからついてきた。

コンスタンスは高い正面扉の内側で、外階段を登るあたしを待っていてくれた。あたしは荷物を玄関ホールのテーブルに下ろし、扉に鍵をかけた。昼すぎまで扉を使うことはない。なぜってあたしたちは、たいてい家の裏のほうと、だれ一人やってこない芝生や庭の中で暮らしていたからだ。屋敷の正面を幹線道路と村のほうへ向け、そのいかめしく無愛想な顔の裏側で、自分たちなりの暮らしを送っていた。屋敷はきちんと手入れしていたけど、三人で使うのは裏のほうの部屋——台所と裏手の寝室と、ジュリアンおじさんが暮らす、台所わきの暖かい小部屋だけ。外には姉さんの栗の木と、広くてきれいな芝生と、姉さんの花壇があり、その先には姉さんの世話する野菜畑が、さらにその先には小川を隠す木々がある。裏の芝生に腰をおろせば、どこからもあたしたちを見ることはできない。

ジュリアンおじさんが台所の隅の大きな古い机に向かって、原稿をいじっているのを見て、もっとおじさんに優しくするはずだったことを思い出した。「ジュリアンおじさんにピーナツ・ブリトルをあげてくれる？」コンスタンスにたずねる。

「お昼のあとでね」コンスタンスは袋から注意深く食品をとり出した。どんな種類の食べ物もコンスタンスにとってはたいせつなのだ。姉さんはいつだって、静かな敬意をこめて食品をとり扱う。あたしは手伝ってはいけなかった。食事を用意してもいけないし、キノコを採ってきてもいけなかった。ときどき畑の野菜や、古木になるリンゴを家まで運ぶことはあるけれど。「マフィンを食べましょう」コンスタンスは歌い出しそうな調子で言った。食品をより分け、片付けていたからだ。「ジュリアンおじさんには、やわらかくてバターたっぷりの卵を作るわ。それからマフィンとプディングを少し」

「パンがゆ」ジュリアンおじさんが言う。

「メリキャットには、何かあっさりして、こってりして、塩気のあるもの」

「ジョナスがネズミをとってくれるわ」あたしはひざの上のネコに話しかけた。

「あなたが村から帰ってくると、いつだってとてもうれしいわ」コンスタンスが言った。立ち止まってあたしを見つめ、笑いかけてくる。「一つにはもちろん、あなたが食材を持ち帰ってくれるから。でも一つには、あなたがいないとさびしいからよ」

ことにした。

「あたしも村から帰ってくるとうれしいわ」

「そんなにひどいの？」姉さんはあたしの頬にすばやく指で触れる。

「知らないほうがいいわ」

「いつかわたしも出かけていくわね」姉さんが外へ出ると話すのは二度目だ。あたしはぞっとした。

「コンスタンス」ジュリアンおじさんが言った。小さな紙切れを机から持ちあげてじっと見つめ、眉間にしわを寄せている。「あの日の朝、おまえのお父さんが、いつものように庭でタバコを吸っていたかどうか、わからないんだがね」

「吸っていたでしょうね」とコンスタンス。「そのネコ、小川で釣りをしていたのよ」あたしに向かって言う。「泥だらけになって入ってきたわ」それから買い物袋をたたむと、ほかの袋といっしょに引き出しに入れ、図書館の本を永遠にとどまることになる棚の上に載せた。コンスタンスが台所で働くあいだ、ジョナスとあたしはじゃまにならないよう、隅にひっこんでいることになっていた。姉さんを見ているのはうれしかった。日差しの中を優雅に動き回り、とびきり優しく食材に触れている。「ヘレン・クラークの日ね」あたしは言った。「こわくない？」

姉さんはふり返ってあたしに笑いかけた。「少しも。わたしね、どんどんよくなっているような気がするの。今日はちっちゃなラムケーキを作りましょう」

「ヘレン・クラークはきゃあきゃあ言って、もりもり食べるわ」

このころでもコンスタンスとあたしは、数少ない人たちとおつきあいしていた。私道を車でやってくる知り合いがいたのだ。金曜日にはヘレン・クラークがお茶を飲みにくるし、ミセス・シェパードやミセス・ライスや年とったミス・クローリーが日曜日の教会のあとたまにおとずれて、とてもいいお説教だったのよと報告してくれる。こちらから訪問を返すことはないけれど、その人たちはせっせとやってきて、行儀《ぎょうぎ》よく二、三分で引きあげ、ときおり庭の花や、本や、コンスタンスがハープで弾きたいと思うような楽譜を持ってきてくれる。上品に話し、たまに笑い声を上げ、あたしたちがぜったい行かないと知っているのに、うちにもいらっしゃいなと必ず招いてくれる。ジュリアンおじさんにも親切で、しんぼうづよく話を聞いてくれる。車でドライブに行きましょうよとさそってくれるし、あたしたちの友人だと名乗ってくれる。姉さんとあたしはその人たちを悪く言わないようにしていた。なぜってどの人もみな、あたしたちを喜ばせるつもりでやってくるのだから。訪ねてきた人が小径に足を踏み入れることはなかった。コンスタンスが薔薇《ばら》を切ってあげるわと申し出たり、新しいすてきな配色をごらんになってと勧《すす》めたりすれば、庭の中へは出ていくけれど、ぜったいに限られた範囲を越えようとはしなかった。庭に沿って進んでいき、玄関先で車に乗りこむと、私道を走り去って、大きな門から出ていくのだ。何回かキャリントン夫妻があたしたちのようすを見におとずれた。ミスター・キャリントンは父さんの親友だったからだ。二人は屋敷の中に入ることも、軽食をつまんでいくこともなく、正面の外階段まで乗りつけて、車の中にすわったまま二、三分話をしていった。「どうだね」と必ずたずねながら、あたしたちの顔を見比べる。「二人きりでちゃんとやっているかい？　何かいるものはないかい、してあげられることは？　うまくやっているかい？」コンスタンスはいつもお入りくださいと声をかける。あたしたちは小さいころから、お客さまに外で話をさせておくのは無作法だと教えこまれてきたからだ。だけどキャリントン夫妻は一度も屋敷の中に入らなかった。「あのね」二人のことを考えながらあたしは言った。「キャリントンさんたち、お願いしたらウマを持ってきてくれるかしら。あの長い草地で乗れるように」

コンスタンスはふり返り、軽く眉をひそめてちょっとの間こちらを見ていた。「お願いしてはだめよ」ようやくそう言った。「わたしたちはだれにもお願いしないの。覚えておきなさい」

「冗談よ」あたしが言うと、コンスタンスは笑顔にもどった。「だってあたしがほんとうにほしいのは翼《つばさ》のあるウマだけなんだもの。姉さんを月までつれていって、もどってこられるわ、あたしとウマとで」

「昔はグリフィンをほしがっていたわね。さあ、なまけ屋さん、外へ行ってお食事の用意をしてちょうだい」

「最後の夜、あの二人はひどい喧嘩をしておった」ジュリアンおじさんが言った。「『がまんできないわ』と細君《さいくん》が言っておった。『がまんできませんからね、ジョン・ブラックウッド』すると『しかたないんだ』とジョンが答えた。わしはもちろんドアの外で聞き耳を立てたが、通りかかるのが遅すぎたから、何を喧嘩しておるのかわからなかった。さだめし金のことだろうね」

「喧嘩はめったにしませんでした」とコンスタンス。

「日ごろから他人行儀な夫婦だったな。喧嘩しなかったというのがそういう意味ならば。あれでは家族に手本を示すことにはならんよ。わしと妻とは怒鳴《どな》り合うほうを好んでおった」

「六年もたったとは、思えないことがあるわ」コンスタンスが言った。あたしは黄色いテーブルクロスをつかんで芝生へ出ていき、食事の用意をし始めた。後ろでコンスタンスがジュリアンおじさんに話していた。「みんな帰ってくるなら、なんでも差し出すのにと思うことがあるんです」

子供のころは、いつかうんと背が伸びて、母さんの客間の窓のてっぺんに手が届くようになると信じていた。それは夏の窓だった。この家はもともと夏の屋敷として建てられたものだからだ。父さんが暖房を入れたのは、一家が冬に移り住む屋敷がなかったからにすぎない。ほんとうなら、村のロチェスター屋敷がうちのものになるはずだったが、あの家はとっくの昔に人手にわたってしまった。屋敷の客間の窓は床から天井まで届いている。あたしがてっぺんにさわれたことはない。母さんがよくお客さまに話していたのだが、窓にかかった軽くて青い絹のカーテンは、十四フィートの長さに仕立てられているそうだ。客間には二枚の高い窓があり、廊下をはさんだ食堂にも二枚の高い窓がある。外から見ると、四枚の窓はひどく幅が狭くて、屋敷をひょろ長く見せている。だけど中に入ると客間は美しかった。母さんはロチェスター屋敷から金の脚のついた椅子を持ってきていたし、母さんのハープもこの部屋にあった。鏡やきらめくガラスに反射する光が、室内をまばゆく輝かせている。コンスタンスとあたしがこの部屋を使うのは、ヘレン・クラークがお茶に来るときだけだったが、部屋の中はいつでも申し分のない状態に保っておいた。コンスタンスは脚立《きやたつ》に乗って窓のてっぺんを掃除し、二人で炉棚の上のドレスデン人形のほこりをはらい、あたしはほうきの先につけた布で、壁の上端の凝った装飾をぬぐって回った。白い果実や木の葉をあおぎ見て、キューピッドやリボン結びのほこりをはらっていくのだが、上を向いたまま後ずさっていると必ずめまいがして、笑いながらコンスタンスに支えてもらうはめになった。あたしたちはいっしょに床を磨き、ソファや椅子に張った薔薇模様の錦織り《ブロケード》の小さなほころびを繕《つくろ》った。高い窓のそれぞれには金の上飾り《バランス》がつけられ、暖炉の周りには金の渦巻模様があり、壁には母さんの肖像画がかかっていた。「わたしの美しい部屋がちらかっているのはがまんできないわ」というのが母さんの口癖だったので、姉さんとあたしはぜったいにこの部屋に入れてもらえなかった。だけどいまでは二人して、この部屋をぴかぴかのすべすべに保っている。

母さんはいつも、暖炉の前の低いテーブルで友達にお茶をふるまっていた。だから姉さんも決まってそこにテーブルをしつらえる。姉さんは母さんの肖像画に見下ろされて薔薇模様のソファに腰かけ、あたしは隅っこの小さな椅子にすわって見守っている。あたしはカップとソーサーを運んでもよかったし、サンドイッチとケーキをわたしてもよかったが、お茶を注いではいけなかった。人前でものを食べるのはきらいだったから、あとから台所でお茶を飲むことにしていた。その日（ヘレン・クラークがお茶に来た最後の日になった）コンスタンスはいつものようにテーブルを調《ととの》えた。母さんがよく使っていたきれいな薔薇色の薄手のカップと、二枚の銀のお皿が並び、お皿の一枚には小さなサンドイッチが、もう一枚には特製のラムケーキが載っている。ヘレン・クラークがすっかりたいらげてしまうといけないので、あたし用のラムケーキ二きれは台所に置いてあった。コンスタンスは静かにソファにすわっていた。少しもそわそわしていないし、両手はひざにきちんと置かれている。あたしは窓のそばで、ヘレン・クラークが来るのを待っていた。ヘレンはいつでも時間きっかりにやってくる。「こわくない？」一度コンスタンスにそうたずねると、「いいえ、少しも」と答えが返ってきた。ふり向かなくても、その声でコンスタンスが落ち着いているとわかった。

私道に車が入ってくるのが見えた。車の中には一人ではなく、二人乗っている。「コンスタンス、あの人、だれかほかの人もつれてきたわ」

コンスタンスは一瞬黙りこんだが、ひどくきっぱりした調子で言った。「だいじょうぶだと思うわ」

あたしはふり向いて姉さんを見た。姉さんは落ち着いていた。「追い返すわ。あの人ったら、こんな真似《まね》するなんて」

「いいえ。ほんとうにだいじょうぶだと思うの。見ていてちょうだい」

「だって、姉さんをこわがらせたくないの」

「いつかは」とコンスタンス。「いつかは最初の一歩を踏み出さなくては」

あたしはぞっとした。「追い返したいわ」

「いいえ。いけません」

屋敷の前で車が止まったので、あたしは玄関をあけようと廊下に出た。お客さまの前で鍵をあけるのは無作法だから、扉の鍵はあらかじめあけてあった。ポーチに出ると、思ったほどひどい事態ではないのがわかった。ヘレン・クラークがつれてきたのはまったく知らない人ではなく、小さなミセス・ライトだった。以前にもうちへ来たことがあって、ほかのだれよりもびくびくしていた。この人ならあまりコンスタンスの負担にはならないだろう。だけどこの人をつれてくるなら、あらかじめ言っておいてくれればよかったのに。「こんにちは、メアリ・キャサリン」ヘレン・クラークが車を回って外階段のほうへ来ながらあいさつした。「すてきな春の日じゃないこと？　コンスタンスはお元気？　ルシルをつれてきたのよ」何くわぬ顔で押し切ろうとしている。まるでみんなが毎日、ほとんど知らない人をコンスタンスのところへつれてきているかのように。あたしはヘレンのほうへしかたなく笑いかけた。「ルシル・ライトを覚えてるわね」ヘレンがたずね、かわいそうなミセス・ライトは蚊《か》の鳴くような声で、もう一度おじゃましたかったの、と言った。あたしは扉を押さえ、二人を玄関ホールに通した。とてもいい天気だったので、二人ともコートは着ていなかったが、いずれにしろヘレン・クラークは、ほんの少し足を止めるだけの常識を持ち合わせていた。「コンスタンスに伝えてちょうだい、わたしたちが来たって」「だれが来たのかコンスタンスに教える時間を与えてくれているのだ。そこであたしは、コンスタンスが静かにすわっている客間に入っていってこう伝えた。「ミセス・ライトよ。びくびくしてた人」

コンスタンスはにっこりした。「最初の一歩としては無難な感じね。だいじょうぶよ、メリキャット」

廊下ではヘレン・クラークがミセス・ライトに階段を見せ、イタリア産の彫刻と材木についておなじみの話を披露《ひろう》していた。あたしが客間から出ると、ヘレンはちらりとこちらを見て言った。「この階段は郡内でもまれに見る逸品よ、メアリ・キャサリン。世の中から隠しておくなんてとんでもないわ。ルシル？」二人は客間に入った。

コンスタンスは完璧に落ち着いていた。立ちあがってにっこりし、お会いできてうれしいわと言った。ヘレン・クラークはもともと不器用な人だったから、部屋に入って腰かけるという単純な動作を、三人の観客のための複雑なバレエにしてしまった。まずはコンスタンスがすっかり話し終えないうちに、ミセス・ライトの身体《からだ》を押して、傾いたクローケーのボールみたいに部屋の遠い隅へ横ざまに放りこむ。ミセス・ライトは小さくてすわり心地の悪い椅子に、どう見ても無意識に、いきなり腰をおろした。ヘレンはといえば、コンスタンスのかけているソファに向かい、お茶のテーブルをひっくり返しそうになり、部屋にはじゅうぶんな数の椅子ともう一脚のソファがあるというのに、とうとうコンスタンスのそばへきゅうくつそうに腰をおろした。姉さんはあたし以外の人が近くにいるのが大きらいなのに。「さてと」ヘレン・クラークは身体を伸ばしながら言った。「また会えてうれしいわ」

「お招きありがとう」ミセス・ライトが身を乗り出す。「すてきな階段を見せていただいたわ」

「お元気そうね、コンスタンス。庭仕事をしていたの？」

「こんな日にはがまんできなくて」コンスタンスが笑い声を上げる。姉さんはとてもうまくやっていた。「心が浮き立ってしまうんです」と、ミセス・ライトのほうへ話しかける。「奥さまも庭仕事をなさいます？　明るい春の日がもどってくると、庭仕事の好きな者は舞いあがってしまいますの」

コンスタンスは少し饒舌《じょうぜつ》すぎたし、早口すぎたけど、そのことに気がついたのはあたしだけだった。

「お庭は好きですわ」ミセス・ライトは少し慌てて言った。「お庭は大好きです」

「ジュリアンはいかが」ミセス・ライトがすっかり話し終えないうちに、ヘレン・クラークがきいた。「元気にしてらっしゃる？」

「ええ、おかげさまで。今日はいっしょにお茶を飲むつもりでいますわ」

「ジュリアン・ブラックウッドにお会いしたことは？」ヘレン・クラークがたずねると、ミセス・ライトは首をふって言いかけた。「それはもう、ぜひお目にかかりたいですわ。いろいろなうわさを――」そこで口をつぐんだ。

「ジュリアンは少し……風変わりなの」ヘレン・クラークは秘密を漏らしてしまったとでもいうように、コンスタンスにほほえみかけた。あたしはこう考えていた。もしも風変わりというのが、辞書にあるとおり〝ふつうとはちがっている〟という意味なら、ジュリアンおじさんよりヘレン・クラークのほうがよっぽど風変わりだわ。ぎこちない動きとか、とつぜんものをたずねる癖とか、関係ない人をこの家のお茶の時間につれてくるところとか。ジュリアンおじさんは完璧に練られた計画に沿って、おだやかで端正な暮らしをとどこおりなく送っている。まちがった呼び方をするのはよくない。そう考えていると、ジュリアンおじさんにもっと優しくするはずだったことを思い出した。

「コンスタンス、あなたとはずっと親友としてつきあってきたわ」ヘレン・クラークはいまこう話していた。あたしはびっくりした。コンスタンスがその手の言葉からしりごみしてしまうことが、この人にはほんとうにわかっていないのだ。「一言忠告したいの、だけどそれは友情から言っているのよ」

ヘレンが何を言うつもりか、あたしにはわかっていたにちがいない。なぜってずっと寒気がしたから。今日という一日は、いまヘレン・クラークが言おうとしていることでクライマックスを迎えるのだ。あたしは椅子に身を沈め、コンスタンスをじっと見つめた。立ちあがって逃げ出してほしい、これから言われることを聞かないでほしいと願いながら。だけどヘレン・クラークは先を続けてしまった。「いまは春よ。あなたは若くて美しいのよ。あなたには幸せになる権利があるわ。世の中にもどっていらっしゃい」

以前なら、まだ冬だった一か月前でさえ、そんな言葉を聞いたらコンスタンスはしりごみし、逃げ出してしまっただろう。だけどいま、コンスタンスは耳を傾け、にっこり笑っていた。首はふったけれど。

「もうじゅうぶん償《つぐな》いはしたでしょう」とヘレン・クラーク。

「小さな午餐会《ごさん》を開きたいのだけど――」ミセス・ライトが言いかけた。

「ミルクを忘れてるわ。あたし取ってくる」あたしは立ちあがって、コンスタンスにじかに話しかけた。コンスタンスは驚いたようにこちらへ顔を向けた。

「どうもありがとう」

あたしは客間から廊下に出て、台所に向かった。その日の朝、台所はまぶしくて幸せな感じだった。だけどいま、台所に暗い影が差しているのを見て、あたしは寒気を覚えた。コンスタンスはまるで、ずっと拒《こば》んだり退《しりぞ》けたりしてきたのに、結局外へ出られるかもしれないといきなり考え始めたみたいだ。その話題に触れるのは一日で三度目だとそのとき気がついた。三度くり返したらほんとうになってしまう。あたしは息ができなかった。針金で縛りあげられたみたいで、頭が膨《ふく》れあがり、爆発しそうだった。勝手口に駆け寄り、息をするためにあけ放した。走り出したかった。領地のはずれまで駆けていってもどってくれば、気分がよくなるだろう。だけどコンスタンスが客間であの人たちの相手をしている。急いでもどらなくては。あたしはテーブルに載っていたミルクピッチャーをたたきつけるだけでがまんしなくてはならなかった。それは母さんのものだった。コンスタンスが見つけるように、破片は床にちらばしておいた。それから二番目にいいミルクピッチャーをとり出した。カップとは合わない。あたしはミルクを注いでもよかったから、ピッチャーを満たして客間まで持っていった。

「――メアリ・キャサリンと？」話していたコンスタンスはふり向いて、戸口にいるあたしに笑いかけた。「どうもありがとう」とピッチャーに目を走らせ、あたしの顔を見つめる。「ありがとう」姉さんはくり返した。あたしはピッチャーをお盆に載せた。

「最初は少しずつね」とヘレン・クラーク。「たしかに、おかしな感じがするでしょうね。でも、昔からの友人を一、二度訪問して、一日街で買い物をしてもいいわ――街ではだれもあなたに気づいたりしないから」

「小さな午餐会は？」ミセス・ライトが期待をこめて言った。

「考えてみなくちゃ」コンスタンスは笑いながら、少し困ったようなしぐさをしてみせた。ヘレン・クラークはうなずいて言った。

「服がいるわね」

あたしは隅っこの自分の席を離れて、コンスタンスからお茶のカップを受けとり、ミセス・ライトのところへ運んだ。受けとるときミセス・ライトの手はふるえた。「ありがとう」カップの中でお茶がふるえている。なにしろこれがまだ二度目の訪問なのだ。

「おさとうは？」あたしはたずねた。がまんできなかったし、たずねるほうが礼儀にかなっていた。

「あら、いいえ。ありがとう。でもおさとうはいいのよ」

あたしはミセス・ライトを見ながら、今日ここへ来るためにその服を着たのねと考えていた。コンスタンスとあたしはぜったいに黒を着ないけれど、ミセス・ライトはそのほうがふさわしいと思ったのかもしれない。今日は簡素な黒の服を着て、真珠のネックレスをつけている。そういえば、この前のときも黒を着ていたっけ。いつも趣味がいいようだけど、母さんの客間では話が別。あたしはコンスタンスのそばにもどると、ラムケーキのお皿を取って、ミセス・ライトのところへ運んだ。親切心からではなかったし、最初はサンドイッチを食べるものだった。だけどあたしはミセス・ライトを困らせたかった。母さんの客間で黒い服なんか着ているこの人を。「姉さんがけさ作ったの」あたしは言った。「ありがとう」ミセス・ライトの手はお皿の上でためらったが、一きれ取ると、慎重にソーサーの端に載せた。このままだと、お行儀を気にしすぎてヒステリーを起こすかもしれない。「二きれ取って。姉さんの作るものは、なんでもおいしいの」

「いいえ」とミセス・ライト。「いいのよ、ありがとう」

ヘレン・クラークはサンドイッチを食べていた。コンスタンスのむこうへ手を伸ばし、一つまた一つとつまんでいる。よその家ではこんなふるまいをするはずがない。この家に来たときだけだ。自分のお行儀をコンスタンスやあたしにどう思われるかなんて、ちっとも気にしていない。自分に会えてあたしたちがすごくうれしいはず、としか考えていないのだ。帰って、あたしは心の中で話しかけた。帰って、帰ってよ。ヘレン・クラークはうちに来るときのために、決まった服を用意しているんだろうか。「この服だけど」クローゼットをかき回しながらヘレンがそう言う姿を想像できた。「捨てることはないわね。コンスタンスを訪問するためにとっておきましょう」あたしは頭の中でヘレン・クラークの着せ替えを始めた。水着を着せて雪山に立たせてみたり、ひらひらしたピンクのドレスを着せて高く丈夫な木の枝に乗せてみたり。ドレスはひっかかり、ひっぱられ、引き裂かれて、ヘレン・クラークは木の上で身動きもとれずに金切り声を上げる。あたしは笑い出しそうになった。

「だれかをここへ招待するのは?」ヘレン・クラークがコンスタンスに言っていた。「昔からの友人を何人か——あなたとまたつきあいたい人たちはたくさんいるのよ——いつかの晩に、古い友人を何人か。ディナーがいいかしら? いいえ」とヘレン。「ディナーはやめたほうがいいかもしれないわ。最初のうちはね」

「わたしなら——」ミセス・ライトがまたしても言いかけた。お茶のカップと小さなラムケーキをかたわらのテーブルにそっと載せたあとで。

「だけど、ディナーでもかまわないわよね」ヘレン・クラークが続ける。「なにしろ、いつかは思い切ってやらなくちゃいけないんだし」

何か言わずにはいられなかった。コンスタンスはこちらに目を向けず、ヘレン・クラークのほうばかり見ている。「村の親切な人たちを招待したら?」あたしは大声で問いかけた。

「あらまあ、メアリ・キャサリン、驚いたわ」ヘレン・クラークが笑い声を上げる。「ブラックウッド家が村の人たちとつきあったことはないんじゃないかしら」

「村の人たちは、あたしたちのことをきらっているもの」

「わたしはあの人たちのうわさ話になんか、耳を貸しませんよ。あなたにもそうしてほしいものだわ。それにね、メアリ・キャサリン、あなたもわたしと同じくらいよくわかってるはずだけど、そういう反感の九割がたは、あなたの想像にすぎないのよ。あなたがもう少し愛想よくすれば、悪口なんか言われないはずですよ。ええ、そうですとも。たしかに昔は軽い反感があったかもしれないけど、あなたの側で途方もなく大げさなものにしてしまっているんだわ」

「人の口に戸は立てられませんからね」ミセス・ライトが気休めのように言う。

「わたしはこの家の親しい友人だったとずっと言ってきたし、そのことをまったく恥じてもいませんよ。同類のところへいらっしゃいな、コンスタンス。あの人たちなら、わたしたちのことをうわさしたりしないわ」

もっとおもしろい話をすればいいのに。コンスタンスは少し疲れてきたみたい。二人がもうじき帰っていったら、姉さんが眠ってしまうまで、髪をブラシでといてあげよう。

「ジュリアンおじさんが来るわ」あたしはコンスタンスに伝えた。車椅子のかすかな音が廊下で聞こえたのだ。あたしは立ちあがってドアをあけた。

ヘレン・クラークが言った。「みんながここに来るのをほんとうにこわがると思うの？」ジュリアンおじさんは戸口で止まった。お茶をいっしょに飲むために洒落《しゃれ》たタイをつけ、顔は念入りに洗ったせいでほんのり赤らんでいる。「こわがる？」とジュリアンおじさん。「ここに来るのを？」おじさんは車椅子の上でミセス・ライトにお辞儀し、それからヘレン・クラークにお辞儀した。「マダム」と声をかけ、もう一度「マダム」と言う。二人の名前も、以前に会ったことがあるかも思い出せないのだ。

「お元気そうね、ジュリアン」ヘレン・クラークが言った。

「ここに来るのをこわがるですと？　お言葉をくり返して申し訳ありませんが、マダム、わしは大いに驚きましたぞ。わしの姪は結局のところ、殺人については無罪放免になったのですからな。いま、ここを訪れても、危険などあるはずがないのです」

ミセス・ライトはびくっとしてお茶に手を伸ばしかけ、それからひざの上に両手を押し付けた。

「危険はむしろ、いたるところにあると言ってよいでしょう」ジュリアンおじさんが続ける。「毒の危険はたしかにあります。姪はとてもありえぬような危険について、お話しできますぞ——ヘビよりも危険な庭の草、腹の内側をナイフのように切り裂くなんの変哲《へんてつ》もない薬草。うちの姪は——」

「とても素敵なお庭ですのね」ミセス・ライトはコンスタンスに向かって熱心に言った。

「どうやって手入れなさっているのかしら」

ヘレン・クラークはきっぱりと言い切った。「何もかもずっと前に忘れられたことですよ、ジュリアン。だれもうあのことは考えていません」

「残念な話だ」ジュリアンおじさんは言った。「すこぶる興味深い事件だった。わしらの時代きっての、純然たる謎の一つだ。とりわけわしにとっては。わしのライフワークなのですよ」と、ミセス・ライトに話しかける。

「ジュリアン」ヘレン・クラークがすばやく口をはさんだ。ミセス・ライトは魅せられたような顔をしている。「趣味《テイスト》のよい話題というものがあるでしょう、ジュリアン」

「味《テイスト》ですと、マダム？　砒素《ひそ》を味わったことはおありかな？　はっきりと申しますが、一瞬まったく信じがたい思いがしたあと、合点《がてん》が――」

数秒前だったら、かわいそうなミセス・ライトは、その話題を口に出すくらいなら舌を嚙み切っていただろう。だけどこのとき、ミセス・ライトは息を詰めるようにして言った。

「覚えていらっしゃるんですの？」

「覚えておりますとも」ジュリアンおじさんはため息をついて、楽しげに首をふった。

「どうやら」熱をこめて言う。「どうやら、この話をごぞんじないようですな。わしが――」

「ジュリアン」ヘレン・クラークが言う。「ルシルは聞きたくありませんよ。そんなことおたずねになるなんて、とんでもない」

ミセス・ライトは聞きたくてたまらないみたいよ、とあたしは思い、コンスタンスのほうへ目をやると、ちょうど姉さんもこちらを見たところだった。あたしたちは二人とも、話題にふさわしく神妙な顔をしていた。だけどコンスタンスがあたしと同じくらいうきうきした気分なのがわかった。ジュリアンおじさんの話を聞くのはうれしい。おじさんはたいていすごくさびしい人だから。

そしてかわいそうな、かわいそうなミセス・ライトは、とうとう誘惑に耐え切れず、これ以上抑えがきかなくなってしまった。真っ赤になってためらっていたけれど、ジュリアンおじさんの誘惑にかかっては、この人の人間らしい自制心など、いつまでも持ちこたえられるはずがない。「この屋敷で起こったのでしょう」ミセス・ライトは祈るように言った。

あたしたちはみんな押し黙って、ミセス・ライトを礼儀正しく見つめていた。ミセス・ライトは小さな声で言った。「ごめんなさい」

「もちろん、この屋敷でですわ」とコンスタンス。「食堂で。わたしたちはディナーを食べていました」

「夕餉《ゆうげ》のために、家族がそろっておったのです」ジュリアンおじさんが、一語一語をいつくしむように言った。「最後の食事になるとも知らず」

「おさとうの中に砒素が」ミセス・ライトはすっかり心を奪われ、あらゆる礼儀をどうしようもなく忘れ去っていた。

「わしはそのさとうを使いました」ジュリアンおじさんはミセス・ライトに向かって指をふった。「自分でそのさとうをかけたのです、ブラックベリーに。幸いなことに」と、おだやかにほほえんで、「運命が割って入りました。わしらのうち何人かは、その日運命に容赦なくつれ去られ、死の門をくぐったのです。なんの罪もなく、疑いも抱かず、忘却への最後の一歩をいやいやながら踏み出したのです。ほとんどさとうをかけない者もおりました」

「わたしはベリーを食べませんの」コンスタンスがミセス・ライトをまっすぐに見て、まじめな声で言った。「食べ物にさとうをかけることも、めったにありません。いまでもそうですわ」

「そのことが、裁判では大いに不利になりました」とジュリアンおじさん。「つまり、姪がさとうを使わんことがです。ともあれ、姪は昔からベリーがきらいでした。小さな子供のころでも、ベリーは食べたくないと言っておったものです」

「やめてくださらない」ヘレン・クラークが声高に言った。「不愉快ですわ、ほんとうに。そんなお話なんて、聞きたくありません。コンスタンス――ジュリアン――ルシルがあなたがたをどう思うかしら」

「あら、そんな」ミセス・ライトが両手を上げながら言った。

「そのお話に耳を貸すつもりはありませんからね」とヘレン・クラーク。「コンスタンスもそろそろ将来のことを考え始めなくては。過去にしがみついているのは不健全なことですよ。かわいそうなこの人はもうじゅうぶん苦しんだわ」

「ええ、家族のことはもちろん忘れられません」コンスタンスが言う。「みんないなくなって、何もかもひどく変わってしまいました。でも自分が苦しんでいるとは思っていませんの」

「見方によっては」ジュリアンおじさんが話を続けた。「わしにとっては、まれに見る幸運であったとも言えますな。わしは今世紀でもっともセンセーショナルな毒殺事件の生き残りなのです。あらゆる新聞の切り抜きを保存しておりますぞ。犠牲者のことも容疑者のことも身近に知っておりました。同じ屋敷に暮らす親族でなければそうはいきません。わしは事件の全貌について、ことこまかに記述してきたのです。あれ以来具合はよくありませんが」

「そのお話はしたくないと申しあげたでしょう」ヘレン・クラークが言う。

ジュリアンおじさんは口をつぐんだ。ヘレン・クラークに目を向け、それからコンスタンスに目を移す。「あれはほんとうに起きたことじゃないのかね？」しばらくしてから、口に指を当ててたずねた。

「もちろん、ほんとうに起きたことですよ」コンスタンスはおじさんにほほえみかけた。

「新聞の切り抜きがあるんだ」おじさんはおぼつかない口調で言った。「メモもある」とヘレン・クラークに向かって、「何もかも書きとめてあるのです」

「ひどい事件でしたわね」ミセス・ライトが熱心に身を乗り出し、ジュリアンおじさんはそちらへ向き直った。

「恐ろしい事件でした」とうなずく。「身の毛もよだつ事件でした、マダム」おじさんは車椅子をあやつってヘレン・クラークに背中を向けた。「食堂をごらんになりたいですか、死の食卓を。わしは裁判で証言できませんでした、おわかりですな。あれ以来ずっと、身体の具合がすぐれませんので、他人のぶしつけな質問には耐えられないのです」ヘレン・クラークのほうへ頭を軽く動かす。「わしは証言台に立ちたくてたまりませんでした。法廷に出れば、姪に不利な思いはさせなかったと自負しております。ですがもちろん、姪はしまいに無罪放免となったのです」

「そうですとも」ヘレン・クラークが荒々しい口調で言った。大きなハンドバッグに手を伸ばすと、ひざの上に載せ、中の手袋を捜す。「もうだれもそのことは考えていませんよ」

ミセス・ライトと目を合わせ、立ちあがろうとする。

「食堂は……？」ミセス・ライトがおずおずと言った。「一目だけでも」

「マダム」ジュリアンおじさんは車椅子の上でなんとかお辞儀した。ミセス・ライトはあたふたとドアのところに行き、おじさんのためにあけ放った。「廊下をはさんで向かいの部屋です」ジュリアンおじさんが言い、ミセス・ライトはついていった。「まっとうな好奇心をお持ちのご婦人とはすばらしいものですな、マダム。わしには一目でわかりましたぞ、マダムが悲劇の現場を心から見たがっておられることが。あれはまさにこの部屋で起こりました。そしてわしらはいまもこの場所で毎晩ディナーをとっておるのです」

おじさんの声ははっきりと聞こえてきた。戸口に立つミセス・ライトに見守られながら、食卓の周囲を回っているのだろう。「うちの食卓が丸いことにお気づきですな？　一家のあわれな生き残りにとっては、いまや大きすぎますが、なにしろ記念品のようなものですからな、処分したくはないのですよ。ひところならこの部屋の写真が、どの新聞社にも高値で売れたことでしょう。昔わしらは大家族でした。覚えておられますな、幸福な大家族でした。むろん小さないざこざもありました。家族がみな忍耐に恵まれていたわけではありませんからな。いさかいがあったと言ってもよいほどです。深刻なものではありません。夫婦や兄弟の考えがつねに一致していたとは限らない、それだけのことです」

「ならどうしてコンスタンスは――」

「さよう」とジュリアンおじさん。「まことに不可解ではありませんかな？　わしの弟は、家長としてとうぜん上座についておりました。窓を背に、デカンターを前にして。ジョン・ブラックウッドはその食卓を、家族を、世間での地位を誇りに思っておりました」

「ルシルはジョン・ブラックウッドに会ったこともないのよ」ヘレン・クラークが怒りを

浮かべてコンスタンスを見つめた。「わたしはお父さまをよく覚えていますよ」

顔は記憶から薄れていってしまう、とあたしは考えた。村でミセス・ライトに会ったとしても見分けがつくかしら。村ではミセス・ライトはあたしに目もくれずに通りすぎるのかしら。ひょっとすると、ひどく内気な人だから、他人の顔なんかぜんぜん見上げないかもしれない。ミセス・ライトのお茶と小さなラムケーキは手をつけられないまま、まだテーブルの上に載っていた。

「それにわたしはお母さまの親友でしたよ、コンスタンス。だからこそあなたに遠慮なくものが言えるの。あなたのためを思ってね。お母さまもきっと――」

「――義妹《いもうと》というのは繊細な女でした。客間の肖像画をごらんになったことでしょう。肌の下の顎《あご》骨が絶妙な曲線を描いておりましたでしょう。多少愚かなところはありましたが、悲劇に遭うために生まれてきたのかもしれません。この食卓で義妹の右にわしはすわっておりました。そのころはいまより若く、身体も丈夫でした。こんな非力な身体になったのは、あの晩のことなのです。わしの向かいにはトマスが――ごぞんじですかな、わしには甥《おい》がいたのです、弟には息子がいたのです。この子については、きっとお読みになったことがあるでしょう。十歳で、父親の力強い気質をたっぷりと受け継いでおりました」

「その子がほとんどのおさとうを使ったのですね」ミセス・ライトは言った。

「気の毒なことです。さて、弟の両側には、弟の娘のコンスタンスと、わしの妻のドロシーがすわっておりました。妻はわしと生涯をともにしてくれましたが、ブラックベリーにかかった砒素などという悲惨な結末は予想もしなかったことでしょう。もう一人の子供、姪のメアリ・キャサリンは食卓についていませんでした」

「お部屋にいたのですね」

「十二歳の恐るべき娘で、夕食抜きでベッドにやられていたのです。ともあれ、あの子のことは関係ありません」

あたしは笑い声を上げ、コンスタンスはヘレン・クラークに言った。「メリキャットはいつも怒られていたんです。父が食堂を出たあとで、よくお盆にディナーを載せて裏階段から持っていってやりましたわ。性悪《しょうわる》で、いうことをきかない子でした」姉さんはあたしに笑いかけた。

「不健全な環境だわ」とヘレン・クラーク。「子供が悪いことをしたら、お仕置きを与えなくてはいけません。ただし愛情がちゃんと伝わるようなやり方でね。わたしなら、その子のがさつなふるまいを大目に見なかったはずですよ。さてと、もうほんとうに……」ヘレンは手袋をはめ始めた。

「──春のラムのローストに、コンスタンスの庭のミントで作ったソースを添えたもの。新じゃが、はしりの豆、サラダ、これもコンスタンスの庭から。わしは残らず覚えておりますぞ、マダム。その献立はいまでもわしの好物でしてな。言うまでもなく、その食事についてもことこまかに書きとめてあります。じっさい、その日のことは一つ残らず書きとめてあるのです。すぐわかることですが、うちの食卓は姪を中心に回っているのですよ。あれは初夏で、姪の畑は実り豊かでした――その年は気候がよかったのです。あれ以来、あんな夏はありませんな。いや、ひょっとすると、わしが年老いてきただけかもしれません。わしらはコンスタンス特製のさまざまなご馳走を作ってもらっていました。もちろん、砒素のことではありませんぞ」

「ええと、ブラックベリーが大きな役割を果たしたんですわね」ミセス・ライトの声は少しかすれていた。

「マダムは実に聡明な方ですな！　まことにそのとおりです。さだめしおたずねになりたいのでしょう、なぜ姪は砒素など使ったりしたのかと。あれはそんな巧妙な真似のできる娘ではありません。さいわい弁護士が裁判でそう言ってくれました。コンスタンスは家から一歩も出ずに、あきれるほど多様な致死性の毒を手に入れられるのです。なんならドクニンジンのソースを食べさせてもよかった。パセリの一種で、食べるとすぐさま身体が麻痺し、死にいたります。愛らしいチョウセンアサガオ（ナス科の毒草。草全体が有毒）やベインベリー（キンポウゲ科の毒草。実と根に毒がある）のジャムを作ることも、ホルクス・ラナトゥスのサラダを食べさせることもできたでしょう。その草はシラゲガヤとも呼ばれ、青酸を多量に含んでいます。わしはこうしたことも残らず書きとめておきました。ベラドンナはトマトの親戚です。コンスタンスがベラドンナをスパイスとともにピクルスにして、食卓に載せたとしたら、それを断るほど勘のよいものがわしらの中にいたでしょうか。キノコの仲間だけでも考えてごらんなさい。ごぞんじのとおり、キノコにまつわる言い伝えや勘ちがいは山ほどあります。わしらはみな、キノコが好物でした――姪の作るキノコのオムレツのおいしさといったら、食べてみなくては信じられませんぞ、マダム――そしてよくあるタマゴテングタケは――」

「コンスタンスにずっと料理を任せておいたのがまちがいだったんですわ」ミセス・ライトがきっぱりと言った。

「さよう、言うまでもなく、そこに問題の根があるのです。姪がわしらみんなを毒殺するつもりだったとすれば、たしかに料理をさせるべきではなかった。そうした状況で姪に料理をさせていたとすれば、寛容にもほどがあるというものです。ですがあの娘《こ》は無罪放免になりました。手を下してもいなければ、動機もなかったというわけです」

「ミセス・ブラックウッドはどうして料理をなさいませんでしたの?」

「ご冗談を」ジュリアンおじさんの声は少しふるえていた。おじさんの姿は見えなかったが、その声と同時におじさんが見せているしぐさは見当がついた。片手を上げ、指を広げて、その隙間からミセス・ライトにほほえみかけているのだろう。ジュリアンおじさんお得意の慇懃《いんぎん》なしぐさだ。コンスタンスに示すのを見たことがある。「わしとしては、砒素の危険のほうを選びますぞ」

「おいとましなくては」とヘレン・クラーク。「ルシルはどうしてしまったのかしら。こちらにおじゃまする前に、この話題に触れてはいけないと言っておいたのに」

「今年はノイチゴを保存食にするわ」コンスタンスがあたしに言った。「庭のはずれ近くに、たくさんなっていたの」

「ルシルったらなんて無神経なんでしょう。それにこのわたしを待たせたりして」

「――シュガーボウルがサイドボードに載っているでしょう。ずっしりした銀のシュガーボウルが。家宝の品でしてな、弟はとてもたいせつにしていました。そのシュガーボウルについて疑問を抱《いだ》いておられることでしょう。まだ使っているのかと考えておいでしょう。きれいにしたのか、ちゃんと洗ったのか、そうおたずねになるのも無理はありません。いまお答えいたしますぞ。姪のコンスタンスが、医者や警察が来る前にそれを洗ってしまったのです。まったく、おかしなときに洗ったものです。ディナーで使ったほかの皿は、まだテーブルに載っておりました。ところが姪はシュガーボウルを台所に持っていき、中身をあけ、熱湯で完全にこすり洗いしてしまったのです。おかしなふるまいでした」

「クモが入っていたのよ」コンスタンスはティーポットに向かって言った。お茶用の角ざとうは、薔薇の模様が一面についた小さなシュガーボウルに入っていた。

「――クモが入っていた、と姪は申しました。そう警察に説明したのです。だから洗ったのだと」

「まあ」とミセス・ライト。「もっとましな理由を思いつけそうなものですわ。ほんとうにクモが入っていたとしても——その、洗ったりはしませんでしょう——つまみ出すだけで」

「マダムなら、どのような理由をおっしゃいましたかな？」

「そうですわね、わたしはだれも殺したことがありませんから、わかりませんわ——つまり、何を言ったかわかりません。最初に頭に浮かんだことでしょうね。つまり、あの人は気が動転していたにちがいありませんわ」

「まことに恐ろしい痛みでした。砒素を味わったことはございますまい？　好ましいものではありませんぞ。死んだ家族のことを思うと、たいそう胸が痛みます。わし自身は数日間、多大な苦痛の中をさまよいました。コンスタンスがいれば、わしに深い同情だけを示してくれたことでしょう。ですがそのころにはもちろん、会うことすらできなくなっていました。警察はただちにコンスタンスを逮捕したのです」

ミセス・ライトの口調はそれまでより力強く、熱心さを隠し切れなくなっていた。「こちらに越してきてからずっと思っていたんですの。あなたがたにお会いして、何が起こったのか、ほんとうのところを教えていただけたらすばらしいだろうと。なぜって言うまでもなく、ただ一つの疑問がずっと残っているんですもの。だれ一人答えることのできなかった疑問が。もちろんそのお話をする機会があるとは、思ってもみませんでしたけど」食堂の椅子を動かす音がした。ミセス・ライトは腰を落ち着けることにしたようだ。「まず、あの人は砒素を買った」

「ネズミを殺すためよ」コンスタンスはティーポットに向かって言った。それからふり向いてあたしにほほえみかけた。

「ネズミを殺すためです」ジュリアンおじさんの声がした。「それ以外に砒素を使うといったら、剝製《はくせい》を作るときくらいですが、まさかあの娘が剝製作りに詳しいふりをするわけにもいきませんからな」

「あの人はディナーを作り、テーブルを用意した」

「正直言って、ルシルには驚きましたわ」ヘレン・クラークが言った。「おとなしくてかわいい人に見えるのに」

「コンスタンスは、自分の周りでハエのように——ごめんなさい——家族が死にかけているというのに、手遅れになるまで医者を呼ばなかった。シュガーボウルを洗っていたのですね」

「クモが入っていたのよ」とコンスタンス。

「そして警察に、あの人たちは死んで当然だと言ったんですわね」

「興奮していたのですよ、マダム。ことによると、言いたいことが正しく伝わらなかったのかもしれません。あれは非情な娘ではありませんからな。その上、姪はそのときわしも死者の一人と考えておったのです。わしもまた死んで当然の身とはいえ——わしらはみな、そうではありませんかな？——姪がそれを口に出して言うとは考えられません」

「ぜんぶ自分の責任だと、警察に言ったのでしょう」

「そこです」とジュリアンおじさん。「姪はまちがいを犯したと思うのです。たしかに姪は最初、自分の料理がすべての原因だと思ったことでしょう。ですがあらゆる罪をかぶるのは、やりすぎであったと思いますぞ。わしが相談を受けていたら、そんな態度をとるものではないと忠告してやったでしょう。自分を哀れんどるようにも見えますしな」

「ともあれ、答えの出ていない最大の疑問は〝なぜ〟ということですわね。どうしてあんなことを？　つまり、コンスタンスが殺人マニアでなかったとすれば——」

「姪にお会いになったでしょう、マダム」

「なんですって？　ああ、そうですわね、お会いしましたわ。すっかり忘れていました。覚えていなかったようですわ、あのかわいらしい娘さんが実は——だなんて。お宅の大量殺人者には理由があったはずですわ、ミスター・ブラックウッド、たとえそれが、何か異常でひねくれた——まあ、わたしったら。姪御さんはとてもすてきな方ですわ。こんなにだれかを好きになったのは、ずいぶんひさしぶりですもの。だけどもし、あの方がほんとうに殺人マニアだとしたら——」

「おいとましますわ」ヘレン・クラークは立ちあがり、ハンドバッグをわきの下に断固としてはさみこんだ。「ルシル、おいとましますよ。無作法なくらい長居してしまったわ。五時すぎですよ」

ミセス・ライトはとり乱してちょこまかと食堂から出てきた。「ごめんなさい。おしゃべりに夢中になって、時間を忘れてしまったわ。なんてことでしょう」椅子に駆け寄り、ハンドバッグを取りあげる。

「お茶も飲まなかったのね」あたしはミセス・ライトが赤くなるところを見たくて言った。

「ごちそうさま」ミセス・ライトはティーカップを見下ろして赤くなった。「おいしかったわ」

ジュリアンおじさんは部屋の真ん中で車椅子を止め、身体の前で楽しげに手を組んだ。コンスタンスに目を当て、それから視線を上げて天井の隅を見つめた。まじめな顔で、落ち着き払って。

「ジュリアン、さようなら」ヘレン・クラークはそっけなくあいさつした。「コンスタンス、こんなに長居してしまって、ごめんなさい。おわびのしようもないわ。ルシル?」

ミセス・ライトはお仕置きを覚悟している子供みたいに見えたが、礼儀を忘れてはいなかった。「おじゃましました」とコンスタンスに言い、手を差し出してから、慌ててひっこめた。「楽しかったですわ、ごきげんよう」とジュリアンおじさんに声をかける。二人は廊下に出ていき、あたしはついていった。二人が帰ってしまったあと、扉に鍵をかけるために。かわいそうなミセス・ライトがちゃんと乗りこまないうちに、ヘレン・クラークは車のエンジンをかけた。あたしが最後に聞いたミセス・ライトの声は、車が私道を走り出したときの小さな悲鳴だった。客間にもどったとき、あたしは笑っていた。コンスタンスのところへ行ってキスをする。「とってもすてきなお茶会だったわ」

「あの人ったら、ほんとうにどうしようもないわね」コンスタンスは頭を寝椅子にもたせて笑い声を上げた。「お行儀が悪くて、見栄っぱりで、おばかさんで。どうして懲《こ》りずにやってくるのかしら」

「姉さんを変えたいのよ」あたしはミセス・ライトのティーカップとラムケーキを持ちあげ、お盆まで運んだ。「かわいそうなミセス・ライト」

「あの人のこと、からかっていたじゃない、メリキャット」

「ほんの少しね。びくびくしてる人を見ると、がまんできないの。いつだってもっとこわがらせたくなるの」

「コンスタンス？」ジュリアンおじさんが車椅子を回して、姉さんと向かい合った。「わしはどうだったかね」

「すばらしかったわ、ジュリアンおじさん」コンスタンスは立ちあがっておじさんのところへ行き、年とった頭にそっと触れた。「メモはぜんぜんいりませんでしたね」

「あれはほんとうにあったことかね」

「そうですとも。お部屋におつれしますから、新聞の切り抜きをごらんになったら？」

「いまはやめておくよ。最高の午後だったが、少しくたびれたようだ。ディナーまで休むとしよう」

コンスタンスは車椅子を押して廊下をわたり、あたしはお盆を持ってついていった。あたしは汚れたお皿を運んでもいいけれど、洗ってはいけないから、台所のテーブルにお盆を載せてコンスタンスを見守っていた。コンスタンスはお皿をあとで洗おうと流しの横に積み重ね、床の上の砕けたミルクピッチャーをほうきで掃《は》き、じゃがいもをとり出してディナーのしたくを始めた。とうとうあたしは姉さんにたずねなくてはいけなかった。その考えのせいで、お昼からずっと寒気がしていたのだ。「あの人の言うとおりにするの？ヘレン・クラークの言ったとおりに」

姉さんは意味がわからないふりをしなかった。料理する自分の手を見下ろして、少しだけ笑った。

「どうかしらね」

第三章

変化が近づいていたけれど、それに気がついていたのはあたしだけだった。コンスタンスはうっすらと感じていたのかもしれない。ときどき庭にたたずんで、育てている野菜や後ろの屋敷ではなく、外のほう、フェンスを隠す木々を見つめていた。門まで歩いていったらどんな気分かしらと考えるように、私道をいつまでもしげしげと見ていることもあった。あたしは姉さんに目を光らせていた。ヘレン・クラークがお茶に来た翌日の土曜日、コンスタンスは昼前に私道を三回見た。ジュリアンおじさんはお茶会でくたびれたせいで、土曜日の朝は具合がよくなかった。台所のとなりの暖かい部屋でベッドに入《はい》って、枕の横の窓から外をながめ、ときどきコンスタンスの名前を呼んでは注意を引いていた。ジョナスまでピリピリして――嵐を呼ぼうとしている、と母さんはよく言っていた――静かに眠っていられなかった。変化が近づいていたそのころ、ジョナスはずっと落ち着かなかった。深い眠りからはっと目を覚まし、耳をすますように顔を上げる。それから立ちあがって、さざなみのようにすばやく走り出し、階段を登り、ベッドを横切り、扉を出入りして駆け回る。そのあと階段を降りて廊下を横切り、食堂の椅子を越え、テーブルを回り、台所を抜け、庭に出て速度をゆるめ、ぶらぶら歩いてから立ち止まり、前足をなめ、片耳をぴくりと動かして、日光を見つめる。夜になると、ジョナスが嵐を呼ぼうとして走り回るのが聞こえ、ベッドに寝ているあたしたちの足を横切るのがわかった。

あらゆる予兆が変化を示していた。土曜の朝、目を覚ましたあたしは、家族に呼ばれていると思った。起きなさいと言われた気がしてから、はっきりと目が覚め、みんな死んでしまったのだと思い出した。コンスタンスは決して起きなさいと声をかけたりしない。その日の朝、着替えをして下に降りていくと、姉さんが待っていて朝食をこしらえてくれた。あたしは言った。「さっきみんなに呼ばれたような気がしたの」

「急いで食べてしまいなさい。今日もいいお天気よ」

村に行かなくてもいいすてきな朝、朝食を食べてしまうと、あたしにはすることがあった。水曜日の朝にはいつも、フェンスに沿って一周する。定期的に検査して、針金が切れていないか、門がきちんと施錠《せじょう》されているか確かめなくてはいけない。自分で修理することもできた。針金が切れていれば巻き直し、ゆるんだ箇所はしめ直して、水曜日の朝ごとに、あと一週間安全だと確かめるのはうれしいことだった。

日曜日の朝には安全のお守りを確かめる。小川のほとりに埋めた一ドル銀貨の箱、長い草地に埋めた人形、松林の木に釘でとめた本。その三つがあたしの置いた場所にある限り、何一つあたしたちに悪さをしに入ってはこられない。小さなころからずっと、あたしはいろいろなものを埋めてきた。長い草地を四つに分け、それぞれの区画に何かを埋めたこともある。そうすればあたしの背丈につれて草も伸び、いつまでもその中に隠れることができると考えたのだ。小川の底に六個の青いおはじきを埋め、その先の水を涸《か》れさせようとしたこともある。「ほら、埋めるための宝物よ」あたしが小さいころ、コンスタンスはそう言って、一セント銅貨や明るい色のリボンをわたしてくれた。あたしは乳歯が抜けるたびに、一本ずつ土に埋めていった。いつかその歯はドラゴンになるかもしれない。うちの土地はあたしが埋めた宝物でいっぱいだ。地面のすぐ下に、おはじきや乳歯や色つきの石がひしめいていて、いまごろはみんな宝石に変わっているかもしれない。地面の底でいっしょになって、強力で張りつめた網を作っているのだ。決してゆるまず、あたしたちを守るためにきちんと張られている網を。

火曜日と金曜日、あたしは村へ行き、いちばん強力な日である木曜日には、大きな屋根裏部屋に行って、家族の服を身につける。

月曜日にはコンスタンスといっしょに家をきれいにする。モップと雑巾《ぞうきん》を手にぜんぶの部屋を回って、小物のほこりをぬぐったあと、注意深くもとの位置にもどす。母さんの鼈《べっ》甲《こう》の櫛《くし》の完璧な線をぜったいに崩したりしない。毎年の春には、それからの一年のために家じゅうを洗ったり磨いたりする。でも月曜日には軽くきれいにするだけ。家族の部屋にはほとんどほこりが積もらないけど、そのわずかなほこりさえとどまることは許されない。コンスタンスはときどき、ジュリアンおじさんの部屋もきれいにしようとする。だけどおじさんはじゃまされるのがきらいだし、なんでも決まった場所に置いているので、姉さんがさせてもらえるのは、薬《くすり》用のコップを洗い、寝具を交換することくらいだ。あたしはジュリアンおじさんの部屋に入ってはいけない。

土曜日の朝にはコンスタンスの手伝いをする。ナイフを使ってはいけないけれど、姉さんが庭仕事をするあいだに道具を手入れして、ぴかぴかのきれいな状態に保っておく。大きなかごいっぱいの花や、コンスタンスが保存食用に収穫した野菜を運ぶこともある。家の地下室は保存食でいっぱいだ。ブラックウッド家の女たちは代々保存食をこしらえてきたし、地下室の豊富な在庫をさらに増やすのを誇りに思ってきた。ひいおばあさんの作ったジャムの瓶は、ラベルの細い文字が薄れかけ、いまでは読むことができないくらいだ。それから大おばさんたちの作ったピクルスに、おばあさんが瓶詰めにした野菜。母さんでさえリンゴジャムを六瓶残していった。コンスタンスはこれまでずっと地下室の保存食を増やしてきた。姉さんの詰めた何列もの瓶は、文句なしにいちばん美しく、ほかの保存食の中で光り輝いている。「あたしが宝物を埋めるみたいに、姉さんは食べ物を埋めるのね」あたしはときどき姉さんにそう言い、いつかはこんな返事をもらった。「食べ物は大地から来るけれど、大地に置いたまま腐らせてしまってはいけないわ。どうにかしてやらなくては」ブラックウッド家の女たちはみんな、大地から来る食べ物を受けとり、保存してきた。濃い色のジャムやピクルス、瓶詰めの野菜や果物――栗色、琥珀《こはく》色、深緑色の瓶が地下室にずらりと並べられ、永久にそこにとどまっているはずだ。ブラックウッド家の女たちによる詩のように。姉さんとおじさんとあたしは毎年、姉さんの作ったジャムや砂糖煮《プレザーブ》やピクルスを食べるけれど、ほかの人たちの作ったものには手をつけない。姉さんによれば、食べると死んでしまうのだそうだ。

土曜日の朝、あたしはトーストにあんずジャムを載せた。コンスタンスがこのジャムをこしらえ、明るい朝あたしに食べさせるために、注意深くとり分けてくれたのだと考えながら。だけど瓶が空になる前に変化がおとずれるとは夢にも思わなかった。「トーストを食べながら「なまけ屋さんのメリキャット」コンスタンスが話しかけてきた。「トーストを食べながらぼんやりしないで。いい天気だから、お庭を手伝ってほしいのよ」

姉さんはジュリアンおじさんのお盆を用意していた。黄色い雛菊《ひなぎく》を描いた水差しにホットミルクを注ぎ、熱々のトーストの縁《ふち》を切って小さな四角形にする。食べ物が大きく見えたり、食べにくそうに見えたりすると、おじさんはお皿に残してしまうのだ。コンスタンスは毎朝おじさんのところまでお盆を運んでいく。おじさんは苦しみながら眠り、ときには闇の中で目覚めたまま横たわって、朝いちばんの光と、お盆を持ったコンスタンスがもたらす慰《なぐさ》めを待ちわびているのだから。心臓が苦しくてたまらない夜、おじさんはふだんより一錠多く薬を飲むことがある。あくる日は昼までぼんやりと眠そうにしていて、ホットミルクを口に含もうともせず、寝室のとなりの台所や、枕の上から姿が見える庭の中でコンスタンスが働いているのを確かめたがる。身体の具合がとてもいい朝、おじさんは姉さんにつれられてきて、台所で朝食をとる。隅っこの古い机に向かって、メモのあいだにパンくずをこぼし、食べながら原稿を読み返す。「寿命があれば」と、おじさんはいつもコンスタンスに言っていた。「自分で本を書きあげるよ。それがだめなら、わしのメモをだれかふさわしい皮肉屋に託しておくれ。真相に関心がありすぎない者にね」

あたしはジュリアンおじさんにもっと優しくしてあげたかった。だからこの朝、おじさんが朝食を楽しみ、そのあと車椅子で庭に出てきて、日なたぼっこができればいいのにと考えていた。「今日はチューリップの花が咲くかも」あたしは開いた勝手口からまばゆい日光を見つめて言った。

「明日まで咲かないと思うわ」コンスタンスが答える。いつだってそういうことがわかっているのだ。「今日さんぽに行くなら長靴を履きなさいね。森の中はまだ湿っぽいと思うの」

「変化がやってくるわ」

「春なのよ、おばかさん」姉さんは言って、ジュリアンおじさんのお盆を持ちあげた。

「わたしのいないうちに逃げていってはだめよ。お仕事がありますからね」

姉さんはおじさんの部屋のドアをあけた。おはようございますとあいさつする声が聞こえてくる。おじさんがおはようと返事したとき、その声がしわがれていたので、具合がよくないのだとわかった。コンスタンスは一日じゅうおじさんの近くにいなくてはならないだろう。

「お父さんはもう帰ってきたかね、嬢や」

「いいえ、今日はいないんです。枕をもう一つ重ねましょうね。いい天気ですよ」

「忙しい男だ。鉛筆を取ってくれないかね。そのことをメモしたいんだ。ひどく忙しい男だと」

「ホットミルクを飲んでください。身体があたたまりますよ」

「おまえはドロシーじゃないね。姪のコンスタンスだ」

「飲んでください」

「おはよう、コンスタンス」

「おはようございます、ジュリアンおじさん」

あたしは三つの力ある言葉を選ぶことに決めた。強い守護の言葉、その偉大な言葉が口にされない限り、変化はやってこないだろう。トーストの上のあんずジャムにスプーンの柄で最初の言葉を書いた——メロディ——そしてトーストを口に入れ、大慌てで呑みこんだ。三分の一安全になった。コンスタンスがお盆を持ってジュリアンおじさんの部屋から出てきた。

「けさは具合がよくないわ。朝食をほとんど食べなかったし、とてもくたびれているの」

「あたしに翼のあるウマがいたら、おじさんを月までつれていってあげるのに。月の上ならもっと居心地がいいはずよ」

「あとで日なたにおつれするわ。エッグノッグ（卵を使った甘いカクテル）を作ってあげてもいいわね」

「月の上では何もかも安全なのよ」

姉さんはぼんやりとあたしを見た。「タンポポの葉。それにラディッシュ。今日は畑仕事をするつもりだったけど、おじさんから離れたくないわ。できればニンジンを……」指でテーブルを軽くたたきながら考えこむ。「ルバーブと」

あたしは朝食のお皿を流しに運んでそこに置いた。二つめの魔法の言葉を決めかけていた。グロスターがいいだろう。強力だし、ききめがありそうだ。ジュリアンおじさんがあらゆることをまくし立てる気になるかもしれないし、おじさんが話しているときには、どんな言葉も本当に安全ではないのだけれど。

「ジュリアンおじさんにパイを作ってあげたら？」

コンスタンスはほほえんだ。「つまり、メリキャットにパイを作ってあげたら、ということね。ルバーブのパイを作りましょうか」

「ジョナスとあたしはルバーブがきらい」

「でもルバーブの色は何よりもきれいよ。棚の上でいちばん美しいのがルバーブのジャムだわ」

「なら棚のために作るといいわ。あたしにはタンポポのパイを作って」

「おばかさんね、メリキャット」コンスタンスは青い服を着ていて、台所の床には日光が模様を落とし、おもての庭は色づき始めていた。ジョナスは外階段にすわって毛づくろいし、コンスタンスは歌いながらお皿を洗い始めた。あたしは三分の二安全だ。あと一つ魔法の言葉を見つければいい。

しばらくしてもおじさんがまだ眠っていたので、コンスタンスは五分間で野菜畑まで走っていき、できるだけ収穫してこようと考えた。あたしは台所のテーブルについて、おじさんが目を覚ましたらコンスタンスを呼ぼうと耳をすましていた。だけど姉さんがもどってきたときも、おじさんはまだひっそりと眠っていた。コンスタンスが野菜を洗って片付けているあいだに、あたしはちっちゃくて甘い生のニンジンをかじった。「春のサラダができるわ」姉さんは言った。

「一年を食べつくしちゃうのね。春と、夏と、秋を食べつくしちゃう。何かが育つのを待って、それから食べてしまうの」

「おばかさんね、メリキャット」

台所の時計が十一時二十分を指すと、姉さんはエプロンをはずし、ジュリアンおじさんのようすをのぞいて、いつものように二階の自室に上がり、あたしが呼ぶまで引きこもった。あたしが玄関に行き、鍵をはずして扉をあけると、ちょうど先生《ドクター》の車が私道に入ってくるところだった。先生はいつもせかせかしていて、すばやく車を止め、階段を駆けあがってくる。「こんにちは、ミス・ブラックウッド」と声をかけて、あたしのそばを通りすぎ、廊下を進んでゆく。台所に着くころにはコートを脱ぎ、椅子の背にかける準備ができている。あたしにも台所にも目をとめず、まっすぐジュリアンおじさんの部屋まで行き、部屋の扉をあけたとたん、ふいに物静かで優しい人になる。「おはようございます、ミスター・ブラックウッド」気楽な声であいさつする。「具合はいかがです？」

「あのばか者はどうした」いつものようにジュリアンおじさんがたずねる。「ジャック・メイソンはどうして来ないのかね」

みんな死んでしまった夜、コンスタンスが呼んだのがメイソン先生だ。

「今日は都合がつかないのです」いつものように先生が答える。「わたしはレヴィといいます。代わりに診察にまいりました」

「ジャック・メイソンのほうがいいんだが」

「できるだけがんばります」

「わしはいつも言っておったのだよ、あの老いぼれのほうがわしより早死にすると」ジュリアンおじさんはひっそりと笑う。「なぜごまかそうとするんだね。ジャック・メイソンは三年前に死んだんじゃないか」

「ミスター・ブラックウッド、診察させていただけてうれしいですよ」先生はとても静かにドアを閉める。あたしは三つめの魔法の言葉としてジギタリスを使ってはどうかと考える。でもだれかがあっさり口に出してしまいそうだ。とうとうペガサスに決めた。食器棚からコップを出して、その言葉をはっきりとコップの中に語りかけ、水を入れて飲んでしまう。おじさんの部屋のドアがあいて、先生がちょっとの間戸口に立っていた。

「いいですね。来週の土曜日にうかがいますよ」

「やぶ医者め」とおじさん。

先生は微笑を浮かべてふり返り、次の瞬間微笑を消すと、ふたたびせかせかし始めた。コートを取って廊下を歩いていく。追いかけたあたしが玄関に着くころには、とっくに外階段を降りかけていた。「さようなら、ミス・ブラックウッド」ふり向きもせずにそう言って、車に乗りこむが早いか発進させる。車はどんどんスピードを上げて門まで行き、幹線道路に出ていった。あたしは扉の鍵をかけ、階段の下に行った。「コンスタンス」と声をかける。

「いま行くわ」姉さんが二階から返事した。「いま行くわ、メリキャット」

その日しばらくたつと、ジュリアンおじさんの具合はましになった。おじさんは暖かい午後の日差しを浴びて、ひざの上で手を組み、夢見るようにぼんやりしていた。あたしはおじさんの近くの、母さんが好んですわっていた大理石のベンチに寝そべっていた。コンスタンスは地面にひざをつき、まるで土から腕を生やしたように両手を埋めて、こねたり、返したり、植物の根に触れたりしていた。

「天気のよい朝だった」ジュリアンおじさんが言った。おじさんの声はえんえんと続いた。

「天気のよい、明るい朝だった。だれ一人、最後の朝とは知らなかった。あの娘《こ》が最初に階下《した》に降りた。姪のコンスタンスが。わしが目を覚ますと、姪が台所で動き回る音がした――そのころわしは二階で眠っていた。まだ二階に上がれたのだ。寝室で妻と眠っていた――わしは思った、けさは天気がよいと。そのときはまだ、家族の最後の朝とは夢にも思わなかった。それから甥の立てる音が――いや、弟だ。弟がコンスタンスのあと階下に降りていった。口笛を吹くのが聞こえた。コンスタンスや」

「なんですか」

「弟がよく口笛で吹いていた曲はなんだったかね、決まって調子はずれだったが」

コンスタンスは手を土に埋めたまま考えこみ、そっとハミングした。あたしはふるえあがった。

「ああ、そうだった。わしは昔から音楽が苦手でな。人の外見や、言ったことや、したことなら覚えられるが、歌っていた曲はどうしても覚えられん。コンスタンスのあと階下に降りたのは弟だった。もちろん、足音や口笛でほかの者を起こしてしまうことなど、なんとも思っていなかった。わしがまだ寝ているかもしれないとは、考えてもくれなかった。じっさいわしはもう目が覚めていたのだが」ジュリアンおじさんはため息をついて顔を上げ、一度だけ庭をしげしげと見回した。「弟はあれが地上での最後の朝とは知らなかったのだ。知っていたなら、もっと静かにしたかもしれん。弟がコンスタンスと台所にいるのが聞こえた。わしは妻に言った――妻も目覚めておった。弟の立てる音のせいで目が覚めたのだ――わしは妻に言った。着替えたほうがいい。なにしろ弟夫婦の家で暮らしているのだから、せいぜい愛想よくして、なるべく手助けする気でいることを見せてやらねばならん。着替えて台所のコンスタンスのところへ行きなさいと。妻は言われたとおりにした。この家の妻たちは、いつでも言われたとおりにしてきたものだ。義妹《いもうと》はその朝遅くまで寝ていたがな。ことによると、義妹だけは虫の知らせを感じていて、可能なうちに地上での休息をとりたがっていたのかもしれん。みんなの立てる音が聞こえた。坊やが階下に行くのも聞こえた。わしは着替えようと思った。コンスタンス？」

「なんですか、おじさん」

「あのころのわしは、まだ自分で着替えができたのだよ。あれが最後の日だったがね。まだ自分で歩き回り、着替えをし、食事をとることができた。おまけに痛みもなかった。あのころは強靭《きょうじん》な男にふさわしく、ぐっすりと眠っておった。若くはなかったが、強靭で、ぐっすりと眠り、まだ自分で着替えができた」

「ひざかけはいりませんか？」

「いいや、どうもありがとう。おまえはずっと優しい姪だった。親不孝な娘だったと考える理由はいくつかあるがね。義妹はわしより早く階下に降りた。朝食はパンケーキだった。小さくて薄くて温かいパンケーキだ。弟は目玉焼きを二枚食べ、わしの妻は——居候の身で食べすぎてはいかんと言い聞かせておったのだが——ソーセージをどっさり食べた。コンスタンスの作った自家製ソーセージだ。コンスタンス？」

「なんですか、おじさん」

「あれが妻の最後の朝食だと知っていたら、もっとソーセージを食べろと言ってやっただろうに。いま考えると驚いてしまうよ、だれ一人、あれが最後の朝とは思わなかったのだ。知ってさえいたら、妻がもっとソーセージを食べても、だれも惜しいとは思わなかっただろうに。弟はときどき、わしと妻が食べるもののことを話していたよ。心のまっすぐな男で、食べ物を惜しんだりしなかったが、わしらが食べすぎたときは話が別だった。あの日の朝、妻がソーセージを食べるのを弟はじっと見ていたんだよ、コンスタンス。わしはその目に気がついていた。わしら二人が口にする量など、たかが知れていたんだがね。弟はパンケーキと目玉焼きとソーセージを食べていたが、妻に何か言うつもりだとわしは思った。坊やはもりもり食べていた。あの日の朝食がとりわけおいしくて、よかったと思うよ」

「来週はソーセージをこしらえましょうか。自家製ソーセージは、ほんの少しだけなら、お身体《からだ》に障《さわ》らないと思います」

「わしらが食べすぎなければ、弟は食べ物をけちらなかった。妻は皿洗いを手伝っていた」

「おばさんにはとても感謝していました」

「いま思うと、もっと手伝えばよかったのかもしれない。妻は義妹を楽しませ、衣類に目を配り、朝は皿洗いを手伝っていた。だが、もっと手伝ってもよいと、弟は思っていたのだろうな。弟は朝食のあと、用事で人に会いに出かけた」

「あずまやを建てようと考えていたんです。ブドウ棚を作る計画を立てていました」

「それは残念だ。いまごろうちのブドウで作ったジャムを食べていたかもしれないのだね。弟が行ってしまうと、わしは決まって口がよく回るようになった。あの日の朝、ご婦人方を楽しませたのを覚えているよ。わしらはこの庭にすわっていた。音楽の話をしたな。妻は楽器を習ったことはないが、音楽をこよなく愛していた。義妹の弾き方は繊細だった。繊細な弾き方をするともっぱらの評判だった。たいてい夜には演奏を聞かせてくれた。むろんその夜は別だ。その夜は演奏できなかった。その朝わしらは、夜になったらいつものように義妹が演奏するものと思っておった。あの日の朝、庭でわしが実に楽しい話をしたのを覚えているかね、コンスタンス」

「わたしは畑で雑草を抜いていたんです。でもみんなの笑い声は聞こえてきました」

「わしはすこぶる楽しい話をしておった。いまではそのことがうれしいよ」おじさんはちょっとの間口をつぐみ、手を組んだりほどいたりしていた。あたしはおじさんにもっと優しくしてあげたかった。だけどおじさんの手を代わりに組んであげるわけにはいかないし、持ってきてあげられるものもない。だから静かに横になって、おじさんのおしゃべりに耳を傾けていた。コンスタンスは一枚の葉に向かって顔をしかめ、芝生の上を影が静かに横切っていった。

「坊やはどこかに行っていた」とうとうジュリアンおじさんは、悲しげなしわがれ声で言った。「坊やはどこかに行っていた――釣りをしていたのかね、コンスタンス？」

「栗の木に登っていました」

「そうだった。そのとおりだ。何もかもはっきり覚えているよ、それに残らず書きとめてある。何もかもあの朝でおしまいだったから、忘れたくないのだ。坊やは栗の木に登って、木の上のとても高いところから、わしらに向かって大声を上げ、義妹に叱られるまで小枝を投げつけていた。義妹は髪の中に小枝が落ちるのが気に入らなかった。妻もそれをいやがっていたが、先に文句を言うことはなかっただろう。妻はおまえのお母さんに礼儀正しくしていたよ、コンスタンス。そうでなかったとは思いたくないね。わしらは弟の家で暮らし、弟の食べ物を食べておった。弟は昼食をとりに帰ってきた」

「レアビット（チーズトーストの一種）を食べました。お昼までずっと畑仕事をしていましたから、昼食には何か手早くできるものを作らなくてはいけませんでした」

「わしらが食べたのはレアビットだった。わしはずっと不思議に思ってきた、なぜ砒素《ひそ》はレアビットに入っていなかったのかと。興味深い点だ。わしの本ではその点を大いに強調するつもりだよ。なぜ砒素はレアビットに入っていなかったのか。入っていたとすれば、家族の最後の日は数時間短くなっていたはずだが、何もかもずっと早く片が付いたことだろう。コンスタンス、おまえの作る料理の中で、一つわしのきらいなものがあるとすれば、それはレアビットだ。レアビットは昔から口に合わなかった」

「そうでしたね。おじさんにお出ししたことはありません」

「砒素を入れるにはうってつけの料理だったろう。わしは代わりにサラダを食べたな。デザートはリンゴのプディングだった。前の晩の残りだ」

「日が傾いてきました」コンスタンスは立ちあがって、手から土をはらった。「冷えるといけませんから、お部屋に入りましょうか」

「レアビットに入れたほうが、ずっとよかっただろうな、コンスタンス。あのころその点が問題にならなかったのは奇妙なことだ。砒素には味がないが、レアビットはまったく味が濃いからな。わしはどこに行くのかね」

「家の中ですよ。ディナーまでの一時間、お部屋で休んでいてください。よければディナーのあとでハープをお聞かせしましょうか？」

「そんな暇はなさそうだ。細かい点を山ほど思い出して書きとめねばならんからな、一分たりとも無駄にはできん。家族の最後の日について、どんな小さな点も漏らしたくないんだ。わしの本は完璧なものでなくては。だいたいにおいて、あの日はみんな愉快にすごしておった。だれも最後の日とは夢にも思っていなかったが、むろんそのほうがずっといい。寒気がするようだよ、コンスタンス」

「すぐおふとんに入《はい》れますよ」

あたしは暗くなっていく庭から離れたくない思いで、二人のあとをゆっくりとついていった。ジョナスが家の中の明かりめざして追いかけてきた。ジョナスといっしょに中に入ると、コンスタンスはちょうどおじさんの部屋のドアを閉めるところで、あたしのほうへにっこりしてくれた。「もう眠りかけているわ」声をひそめてそう言った。

「あたしがジュリアンおじさんくらい年寄りになったら、面倒をみてくれる?」

「そのころもわたしがそばにいたらね」姉さんは言い、あたしはぞっと寒気がした。ジョナスを抱いていつもの隅にすわり、明るい台所をすばやく静かに動き回るコンスタンスをながめていた。あと数分したら、食堂に三人分の食器を並べてくれと言われるだろう。ディナーのあとは夜になり、あたしたちは暖かい台所で身を寄せ合ってすわるだろう。屋敷に守られ、外からは明かりさえ見えない台所で。

第四章

日曜日の朝、変化はさらに一日近づいていた。あたしは三つの魔法の言葉を思い浮かべないことに決め、頭から閉め出しておこうとがんばっていた。だけど変化の気配はあまりにも強く、のがれることはできなかった。変化は階段にも、台所にも、庭の中にも、霧のようにたちこめていた。あたしは魔法の言葉を忘れない。メロディ、グロスター、ペガサス。だけど頭に浮かべたりするもんか。日曜日の朝、雲行きはあやしかった。結局ジョナスはまんまと嵐を起こしてみせるのかもしれない。朝食をとるあいだ、台所には日が差していたが、空では雲がすばやく移動し、ひんやりした風が室内を吹き抜けていった。

「さんぽにいくなら長靴を履きなさいね」コンスタンスがあたしに言った。

「ジュリアンおじさんは今日外に出られないわね。寒すぎるもの」

「まさに春の天気ね」コンスタンスは庭に向かってほほえんだ。

「大好きよ、コンスタンス」

「わたしもよ、おばかさん」

「ジュリアンおじさんはよくなった？」

「いいえ。あなたが寝てるあいだに朝食を持っていったけど、とても疲れているようだったわ。夜中に薬を余分に飲んだんですって。悪化してるのかもしれないわね」

「おじさんのことが心配？」

「ええ、とても」

「おじさん死ぬの？」

「けさおじさんがなんて言ったと思う？」コンスタンスはふり向き、流しに身体《からだ》をもたせて、こちらを悲しげに見た。「わたしをドロシーおばさんだと思って、手を握りながらこう言うのよ。『年をとって、いつそのときが来るのかと思いながら、ここに寝ているのは恐ろしいことだよ』って。こわいような気がしたわ」

「おじさんを月につれていかせてくれればよかったのに」

「ホットミルクを飲ませてあげたら、わたしがだれだか思い出したわ」

ジュリアンおじさんはたぶん、ほんとうはとても幸せなんだと思う。コンスタンスとドロシーおばさんの両方が世話してくれるのだから。あたしは自分に言い聞かせた——細長いものを見たらジュリアンおじさんにもっと優しくしてあげること。今日は細長いものの日になるだろう。もう歯ブラシに髪の毛がついていたし、椅子の横に糸くずがはさまっていたし、裏の階段にとげが出ているのも目に入《はい》った。「おじさんにプディングを作ってあげて」

「そうしようかしら」姉さんは細長いナイフをとり出して、流しの上に置いた。「ココアでもいいわね。今夜はチキンにダンプリング（小麦粉を練って作った団子）を添えてあげるわ」

「お手伝いする？」

「いいえ、メリキャット。出かけてらっしゃい。長靴を履いてね」

戸外は移り変わる光でいっぱいで、あたしについてくるジョナスは、影から出たり入ったりして飛びはねていた。あたしが走るとジョナスも走る。あたしが止まってじっとしていると、ジョナスも止まってこちらを見てから、まるで他人みたいな顔で、ちがう方向へすたすた歩いていく。それからすわって、あたしがまた走り出すのを待っている。あたしたちがめざしていた長い草地は、その日大海原《おおうなばら》みたいに見えた。あたしは大海原なんて一度も見たことがないけれど。草は風にそよぎ、雲の影が行き来して、遠くの木々が揺れ動いている。ジョナスは草の中に姿を消した。草は背が高く、歩きながらさわれるほどだった。ジョナスは独特の小さくよじれた動きをしていた。しばらくのあいだ、草は風に吹かれていっせいになびき、それからジョナスが走っている場所で、すばやく模様が浮きあがる。あたしは一つの角から出発し、向かいの角めざして長い草地を斜めに進んでいった。真ん中あたりで、人形を埋めた場所を隠す岩につきあたった。埋めた宝物の大半は二度と見つからなかったが、その岩は必ず見つけることができた。岩がどけられた跡はないから、人形は無事だとわかった。あたしが歩いているのは埋まった宝物の上。草が両手をかすめ、周囲には風にそよぐ草地と、そのはずれの松林があるばかり。背後には屋敷が、はるか左のほうには、木々に隠れてほとんど見えないけれど、父さんがよその人を閉め出すために作った金網のフェンスがある。

長い草地をあとにして、うちの果樹園と呼んでいる四本のリンゴの木のあいだを抜け、小径《こみち》を小川まで進んでいった。小川のほとりに埋めたドル銀貨の箱は無事だった。小川の近くにしっかりと隠されているのが、あたしの隠れ家の一つだ。あたしはそこを注意深くこしらえ、ひんぱんに使っている。低木の茂みを二つ三つ引き抜いて地面をならしたのだ。隠れ家の周りはほかの茂みや木の枝に囲まれ、入り口は地面につきそうな枝に隠されている。ほんとうはそこまで秘密にしておくこともなかった。だれもここまであたしを捜しにきたりしないのだから。だけどジョナスといっしょに中に横たわり、ぜったいに見つからないと考えるのはすてきなことだった。あたしは葉や枝でベッドを作り、コンスタンスから毛布をもらってきた。周囲や頭上の木々がぶあつく繁っているので、中はいつでもからっとしている。日曜日の朝、あたしはそこに寝そべって、ジョナスの話を聞いていた。ネコの話は出だしがいつも決まっている。「最初のネコだった母さんから聞いた話なんだけど」というのだ。あたしはジョナスに顔を近づけて横たわり、話に耳を傾けていた。変化なんてやってこない。ここにいるとそう感じられた。ただ春が来ただけ。こんなにびくびくするのはまちがっている。日ましに暖かくなり、ジュリアンおじさんは日なたぼっこをするだろう。コンスタンスは庭仕事をしながら笑い声を上げ、これからもずっとこのままだろう。ジョナスはどんどん話を続け（「それからぼくたち歌ったよ！　それからぼくたち歌ったよ！」）、頭の上で木の葉がそよぎ、これからもずっとこのままだろう。

小川の近くで仔ヘビの巣を見つけて全部殺した。あたしはヘビが嫌いだし、コンスタンスにヘビを殺すなと言われたことはない。家に帰る途中、とても悪い前兆を見つけてしまった。最悪の部類に入る。松林の木に釘付けしておいた本が落ちていたのだ。釘が錆《さ》びてしまったので、本はもう――それは父さんの小さな帳面で、父さんはそこに金を貸した人の名前や、自分に親切にすべきだと思う人の名前を書きつけていた――お守りとしては役に立たない。ぶあつい紙でしっかりくるんでから木にとめたのだが、釘は錆び、本は落ちてしまった。こんどは悪い働きをするといけないから、破ってしまったほうがいい。そして何か別のものを木のところまで持ってくるのだ。母さんのスカーフか、手袋がいいかもしれない。そのときは知らなかったが、ほんとうはもう手遅れだったのだ。あの男はとっくに屋敷をめざしていた。あたしが本を見つけたころには、スーツケースを郵便局に預けてしまい、道をたずねていたのだろう。そのときジョナスとあたしにわかっていたのは、二人ともお腹がすいたということくらい。あたしたちはいっしょに走って家にもどり、風とともに台所に駆けこんだ。

「ほんとうに長靴を履いていかなかったの？」コンスタンスはこわい顔をしようとしたが、すぐに笑い出した。「おばかさんね、メリキャット」

「ジョナスには長靴がないもの。すてきな日よ」

「明日はキノコ狩りにいってもいいわね」

「ジョナスとあたしは今日おなかがすいてるの」

　そのころにはもう、あの男は村を抜けて黒い岩をめざし、村の人たちは道行く彼に注目し、首をひねり、ささやきかわしていたのだ。

　あたしたちのゆったりしたすばらしい暮らしの最後の日だったが、ジュリアンおじさんの言葉を借りれば、まだそうなるとは夢にも思っていなかった。コンスタンスとあたしはお昼を食べながらくすくす笑い、何一つ気づかずにいたけれど、そうして楽しくすごしているあいだにも、あの男は門の鍵をあけようとし、小径をのぞきこみ、森をさまよい、しばらくは父さんのフェンスに閉め出されていたのだ。台所にいるうちに雨が降ってきたので、あたしたちは勝手口をあけ放ち、戸口を斜めに横切って庭を洗う雨が見られるようにした。コンスタンスは庭仕事の名人らしく、雨を見て喜んでいた。「じきに庭は色とりどりになるわ」

「あたしたち、ここでずっといっしょにいるのよね、コンスタンス？」

「ここを出たいとは思わないの、メリキャット」

「どこへ行くっていうの？　ここよりいい場所なんてないじゃない。外のだれがあたしたちとつきあってくれる？　世の中は恐ろしい人でいっぱいなのよ」

「ときどき思うの」姉さんはちょっとの間すごくまじめな顔をしていた。それからふり向いてあたしにほほえみかけた。「心配しないで、メリキャット。悪いことなんか起こらないわ」

まさにそのころ、あの男は入り口を見つけて私道を歩き出し、雨の中を急いでいたにちがいない。なぜならほんの一、二分後に、姿を目にすることになったのだから。その一、二分でさまざまなことができたかもしれない。なんとかコンスタンスに警告できたかもしれないし、もっと確実な魔法の言葉を新しく思いつけたかもしれない。勝手口にテーブルを押し付けられたかもしれない。ところがじっさいは、スプーンをもてあそび、ジョナスをながめ、コンスタンスがふるえるのを見て「セーターを取ってきてあげるわ」と声をかけていた。そう言って廊下に出たとき、あの男が外階段を登ってきたのだ。食堂の窓からその姿が見え、一瞬ぞっとして息もできなかった。玄関には鍵がかかっている。とっさに考えたのはそのことだった。「コンスタンス」みじろぎもせず、小さな声で言う。「だれか外にいる。勝手口、早く」台所で姉さんの動く音がしたから、その声が聞こえたものと思っていた。ところがちょうどそのとき、ジュリアンおじさんの呼ぶ声がしたので、姉さんはおじさんのところへ行き、家の中心を無防備なままにしてしまったのだ。あたしが玄関の扉に駆け寄り、身体をもたせかけると、おもてで足音が聞こえた。男はノックした。最初は静かに、それから断固として。扉に寄りかかっていると、ノックが身体を打つのが感じられ、男がうんと近くにいるのがわかった。悪いやつらの一人だということは、とっくにわかっていた。ちらりと顔が見えたけど、悪いやつらの一人だった。屋敷の周囲を何度もめぐり、無理やり中に入ろうとし、窓からのぞきこみ、記念の品をひっぱり、つつき、盗んでいくやつらの。

男はもう一度ノックし、それから声を上げた。「コンスタンス？　コンスタンス？」そう、あいつらはいつも姉さんの名前を知っている。姉さんの名前も、おじさんの名前も知っている。姉さんの髪型も、法廷で着なくてはならなかった三枚の服の色も、年齢も、話し方や身のこなしも知っている。そして機会をとらえては、姉さんの顔を近々とのぞきこみ、泣いていないか確かめるのだ。「コンスタンスに話があるんだ」男は外で言っていた。あいつらがいつもそうするように。

あいつらが一人も来なくなってからずいぶんたつけれど、あいつらのせいでどんな思いをしたかは覚えている。最初のうちは始終うろうろして、コンスタンスを待ち構え、姿を一目見ようとしていた。「見ろよ」お互いにこづき合って指を差す。「あそこにいる、あいつだ、あの女だ、コンスタンス」「殺人犯には見えないな」互いに話し合う。「なあ、もう一度出てきたら、写真撮れないかな」「この花少し摘んでいこう」互いにくつろいで話し合う。「庭から石ころでも拾っていこう、家に持ち帰って子供に見せてやろう」「コンスタンス？」外で男が言う。「コンスタンス？」しつこくノックする。「コンスタンスに話があるんだ。たいせつな話が」

あいつらにはいつも、コンスタンスに伝えたいたいせつな話がある。ドアを押す者にも、外で叫ぶ者にも、電話をかけてくる者にも、ぞっとするような手紙をよこす者にも。ジュリアン・ブラックウッドに会いたがることもあるけれど、あたしを出せと言うことはない。あたしは夕食抜きでベッドにやられていた。法廷に入れてもらえなかった。だれもあたしの写真は撮らなかった。法廷でコンスタンスが注目されているあいだ、あたしは孤児院の簡易ベッドに横たわって天井を見つめていた。みんな死んじゃえばいいのに、コンスタンスが来て、家につれ帰ってくれればいいのにと思いながら。

「コンスタンス、聞こえるか」男が外で叫んでいる。「ちょっとでいいんだ、耳を貸してくれ」

ドアの内側にいるあたしの息遣いが聞こえるだろうか。男が次に何をするつもりか見当がついた。まず屋敷から後ろに下がり、目を雨からかばいながら、だれか見下ろしていないかと二階の窓をあおぎ見る。それから家の横手に向かい、姉さんとあたししか使わないはずの小径をたどっていく。一度もあけたことのない横手のドアを見つけ、コンスタンスの名を呼びながらノックするだろう。玄関でも家の横でも応答がないと、行ってしまう人たちもいる。そもそもこの場所にいるのが少し恥ずかしく、見るものなど一つもないんだから、はなからやってこなければよかった、そうすれば時間を無駄にせずにすんだし、どこかよそへ行くこともできたと考えている――そういう人間はたいてい、中に入ってコンスタンスに会えないとわかると、さっさと引きあげていく。だけどしつこいやつら、死んで私道に転がってればいいのにとあたしが思うようなやつらは、何度も何度も屋敷をめぐり、ドアを片端からあけようとしたり、窓をたたいたりする。「出てきたっていいだろう」よくそんな大声が聞こえたものだ。「みんな殺しちまったんだからな」あいつらは外階段まで車で乗りつけて、その場に駐車する。たいていは念入りに車のドアをロックし、窓が残らず閉まっていることを確かめてから、屋敷の扉をドンドンたたき、コンスタンスに呼びかける。芝生で食事をとり、屋敷の前に立って写真を撮り合い、庭でイヌを走らせる。壁や玄関に名前を書き残していく。

「なあ」男が外で言った。「たのむから入れてくれよ」

外階段を降りていく足音が聞こえ、男が見上げているとわかった。窓には残らず鍵がかかっている。横手のドアも施錠《せじょう》してある。あたしはばかじゃなかったから、扉の両側の細長いガラスから外を見ようとはしなかった。あいつらはほんのわずかな動きも見のがしてはくれない。食堂のカーテンにちょっとさわったとたん、男は屋敷に駆け寄ってきて大声を上げるだろう。「そこだ、見つけたぞ」あたしは扉に身をもたせて考えた。玄関をあけたら、あいつは私道の上で息絶えている。

二階の窓には必ず日よけが下りているから、男が目を上げても、屋敷の無表情な顔に見下ろされるだけだ。返事など聞こえるはずがない。コンスタンスがこれ以上ふるえないうちに、セーターを取ってきてあげなくては。二階に行けば安全だけど、あいつが外にいるうちにコンスタンスのところにもどってあげたい。そう思って階段を駆けあがり、コンスタンスの部屋の椅子からセーターをひったくると、飛ぶように一階へもどり、廊下を走って台所に飛びこんだ。するとあいつがテーブルの、あたしの椅子に腰かけていた。

「三つの魔法の言葉があったのに」あたしはセーターを握りしめた。「メロディ、グロスター、ペガサス。口に出さない限り、安全なはずだったのに」

「メリキャット」コンスタンスがふり向いてあたしに笑いかけた。「こちらは従兄《いとこ》のチャールズ・ブラックウッドよ。一目でわかったわ。父さんにそっくりだもの」

「やあ、メアリ」男は立ちあがった。屋敷の中で見ると、さっきより背が高い。こちらへ近づくにつれて、どんどん大きくなっている。「従兄のチャールズにキスしてくれるかい」

男の後ろで勝手口が大きくあいていた。中に入ってきたのはこいつがはじめて。コンスタンスが入れてしまったのだ。コンスタンスは立ちあがった。だけどあたしに触れるほど考えなしではなかった。「メリキャット、メリキャット」優しく呼びかけ、手をさしのべる。あたしの身体はしめつけられていた。針金でぐるぐる巻きにされていて息ができない。

逃げなくては。セーターを床にたたきつけると、勝手口から飛び出し、いつも行く小川のほとりまでやってきた。しばらくたつとジョナスに見つかり、二人して横になった。真上に生い繁る木々が雨から守ってくれる。木々はものわかりよく、包みこむように間近へ迫り、黒々と葉を繁らせている。あたしは木々を見つめ返し、優しい水音に耳を傾けた。従兄なんていない、チャールズ・ブラックウッドなんていない、侵入者なんていやしない。木から本が落ちたせいだ。すぐに代わりを見つけなかったから、守りの壁にひびが入ってしまったのだ。あした何か強力なものを見つけて、木に釘でとめよう。暗闇が降りてきたころ、あたしはジョナスの話を聞きながら眠りに落ちた。ジョナスは夜中に狩に出かけ、もどってくると寒そうに身体を押し付けてきたので、あたしはかすかに目を覚ました。「ジョナス」と呼んでやると、気持ちよさそうに喉を鳴らした。目が覚めたときには、早朝のもやが小川に沿ってふわふわ漂い、顔の周りで渦巻き、身体をかすめていた。あたしは横になったまま笑い声を上げ、目の上を幻のようになでる朝もやを感じ、木々を見上げていた。

第五章

小川のもやを引きずったまま台所に入ると、コンスタンスがおじさんの朝食のお盆を調《ととの》えていた。ホットミルクではなくお茶を用意しているところを見ると、けさおじさんはきっと具合がいいのだろう。早起きしてお茶をたのんだにちがいない。近づいていって身体《からだ》に腕を回すと、姉さんはふり向いて抱きしめてくれた。

「おはよう、メリキャット」

「おはよう、コンスタンス。ジュリアンおじさんは具合がいいの？」

「ええ、とても具合がいいのよ。きのうの雨のあとだから、いいお天気になるわ。ディナーにはチョコレートムースを作ってあげる」

「大好きよ、コンスタンス」

「わたしもよ。朝食は何を食べる?」

「パンケーキ。ちっちゃくてほかほかの。卵二個分の目玉焼き。今日は翼のあるウマがやってくるから、月までつれていってあげる。月の上で薔薇《ばら》の花びらを食べましょう」

「薔薇の花びらの中には、有毒なものもあるのよ」

「月の上ではちがうの。葉っぱを植えられるってほんとう？」

「そういう葉もあるわね。毛の生えている葉よ。水に差しておいて根を出させてから、土に植えると植物になるの。もちろん最初と同じ植物になるのよ、どんな植物にでもなるわけじゃないわ」

「つまらないの。おはよう、ジョナス。ジョナスって毛の生えてる葉っぱね」

「おばかさん」

「ちがう植物になる葉っぱがいいな。毛むくじゃらで」

コンスタンスは笑っていた。「あなたのおしゃべりを聞いていたら、いつまでたってもおじさんの朝食を持っていけないわ」お盆を持ちあげて、おじさんの部屋に入《はい》っていく。

「熱いお茶ですよ」

「コンスタンスや。すばらしい朝だね。仕事をするにはうってつけの日だ」

「日なたぼっこをするのにもね」

ジョナスは日の当たる戸口にすわって顔を洗っている。あたしはおなかがぺこぺこだ。今日は芝生の上の、ジュリアンおじさんが車椅子を止めるあたりに羽根を置いてあげたら親切かもしれない。芝生にものを埋めてはいけない。月の上では髪に羽根をつけ、手にルビーを飾る。月の上には黄金のスプーンがある。

「今日は新しい章を始めようと思うんだがね。コンスタンス？」

「なんですか、おじさん」

「今日は四十四章を始めていいと思うかね」

「もちろんよ」

「最初のほうのページもいくらか推敲《すいこう》せねばならん。こういう仕事にはきりがないからね」

「髪をときましょうか」

「ありがたいが、けさは自分でやるよ。男たるもの自分の頭には責任を持たねばならん。ジャムがないね」

「持ってきましょうか」

「いや、いつのまにかトーストをたいらげてしまったようだ。お昼には網焼きのレバーが食べたいな」

「じゃあそうしましょう。お盆を下げましょうか」

「そうしておくれ。わしは髪をとくよ」

コンスタンスは台所にもどってきてお盆を下ろした。「こんどはメリキャットの番ね」

「ジョナスにも」

「ジョナスはとっくにすませたわ」

「あたしのために、葉っぱを植えてくれる？」

「そのうちにね」姉さんは頭をめぐらせて聞き耳を立てた。「まだ寝ているわ」

「だれがまだ寝てるの？　葉っぱが育つところ、見られるかしら」

「チャールズよ」姉さんは言い、あたしの周囲で日光がばらばらに砕けた。戸口にジョナスが、コンロの前にコンスタンスがいるけれど、二人とも色がついていない。あたしは息ができず、きつく縛りあげられている。何もかも熱を失っている。

「あいつ、幽霊だったのに」

コンスタンスは笑ったけれど、その声はうんと遠いところで聞こえた。「なら幽霊は父さんのベッドで寝ているわ。それにきのうの夜はディナーをたっぷり食べたのよ。あなたのいないうちにね」

「あいつがやってくる夢を見たの。地面の上で眠りこんで、あいつがやってくる夢を見たのよ。だけど夢の中で追い払ってやったわ」あたしはきつく縛りあげられている。コンスタンスが信じてくれたら、また息ができるようになる。

「ゆうべは長いこと話し合ったの」

「見てきて」息ができないまま、あたしは言った。「見てきて。いなくなってるから」

「おばかさんね」

逃げ出すわけにはいかない。コンスタンスを助けなくては。あたしはコップを手に取り、床にたたきつけた。「これでいなくなるわ」

コンスタンスはテーブルまで来て、ひどくまじめな顔であたしの正面にすわった。あたしはテーブルを回りこんで姉さんを抱きしめたかった。でも姉さんにはまだ色がついていない。「ねえ、メリキャット」姉さんはゆっくりと言った。「チャールズはこの家にいるのよ。あの人はわたしたちの従兄なの。チャールズのお父さんが——父さんの兄さんのアーサー・ブラックウッドよ——生きてるあいだは、チャールズはここへ来ることも、力になろうとすることもできなかったの。お父さんに許してもらえなかったからよ。チャールズのお父さんは」と、少しほほえんで、「わたしたちのことを、とても悪く思っていたの。裁判のあいだ、あなたの面倒を見るのもいやだと言ったわ。知ってた？　家の中でわたしたちの名前を出すことも許さなかったの」

「ならどうして、この家でそんな人の名前を出すの？」

「説明したいからよ。お父さんが亡くなるとすぐに、チャールズは急いでここへやってきたの。力になってくれるために」

「どうやって力になるの？　あたしたちとても幸せでしょう、コンスタンス」

「とても幸せよ、メリキャット。でもチャールズとは仲良くしてあげて」

少し息ができるようになった。なんとかなるだろう。従兄のチャールズは幽霊だけど、追い払ってしまえる幽霊なのだ。「行っちゃうのよね」

「いつまでもいるつもりじゃないと思うわ。訪ねてきただけだもの」

何かあいつに立ち向かう手段を見つけなくてはならない。「ジュリアンおじさんと会ったの？」

「チャールズがこの家にいることは、おじさんもごぞんじよ。でもゆうべは具合が悪くてお部屋を出られなかったの。ディナーはお盆から食べたわ。スープを少しだけ。けさはお茶がほしいと言われて、うれしかったわ」

「今日は家をきれいにする日ね」

「あとでね、チャールズが起きてから。あの人が降りてくる前に、割れたコップを掃《は》いてしまったほうがいいわね」

あたしはコップを掃く姉さんを見つめていた。今日はちっちゃくてきらきらしたものでいっぱいの、まばゆい一日になるだろう。家をきれいにしてしまうまで、どうせ外には行けないのだから、朝食を慌てて食べてもしかたがない。そこであたしはミルクをゆっくりと飲み、ジョナスを見ながらぐずぐずしていた。あたしが食べているうちに、コンスタンスはおじさんに呼ばれていって、車椅子に乗るのを手伝い、台所につれてきて原稿の載った机の前に落ち着かせた。

「四十四章をほんとうに始めようと思うんだ」おじさんは手を打ち合わせた。「少し大げさな表現で始めて、まったくの嘘へ続けていこうと思う。コンスタンス？」

「なんですか、おじさん」

「妻が美しかったと書くつもりだよ」

そのときあたしたちは一瞬黙りこんだ。いつも静かだった二階で足音がしたので、戸惑ってしまったのだ。こうして頭の上で歩き回られるのは不愉快だった。コンスタンスはいつも軽やかに歩くし、ジュリアンおじさんは歩かない。この足音は重くて、規則正しく、よこしまだった。

「チャールズだわ」コンスタンスが見上げた。

「そうだったな」おじさんは目の前に注意深く紙を置き、鉛筆を手に取った。「弟の息子と親しくできれば、大いに楽しいことだろう。裁判のあいだの弟一家の行動について、いくらか細かい点を埋めてくれるかもしれん。とはいえ正直に言えば、もうどこかに書きとめてあるのだがね、あの一家がいかにも言いそうなことを……」ノートに目を向ける。「これでは四十四章が遅れてしまうな」

チャールズが階段を降りてきたので、あたしはジョナスを抱きあげていつもの隅へ行き、コンスタンスは廊下まで迎えにいった。「おはよう、チャールズ」

「おはよう、コニー」ゆうべ使っていたのと同じ声だ。姉さんがあいつを台所につれてきたので、あたしはいっそう隅へひっこんだ。ジュリアンおじさんは原稿に手を触れ、戸口に向き直った。

「ジュリアンおじさん、とうとうお会いできてうれしいですよ」

「チャールズ。アーサーのせがれだが、弟のジョンに似ているな。ジョンは死んでしまったよ」

「アーサーも亡くなりました。だからここに来たんです」

「遺産はたっぷりあったのだろう。兄弟の中でわしだけが、金儲けの才能に見放されていた」

「実を言うと、何も遺《のこ》してくれなかったんですよ」

「残念なことだ。アーサーの父親は相当の額を遺したというのに。わしら三人で分配しても、やはり相当の額になった。わしの取り分が消えてなくなることは最初からわかっておったが、アーサーもそうなるとは思わなかったな。母親は金遣いの荒い女だったのだろう？　あの女のことは、あまりよく覚えていないが。姪のコンスタンスが裁判中にアーサーに手紙を書いたとき、返事をよこしたのは細君《さいくん》のほうだったな。親類の縁を切りたいと言ってきおった」

「もっと早く来たかったんですよ、おじさん」

「そうだろうとも。若いうちはとかく好奇心旺盛なものだ。従妹《いとこ》のコンスタンスほど悪名高い女ともなれば、若者の目にはロマンチックに映ることだろう。コンスタンス？」

「なんですか、おじさん」

「わしは朝食を食べたかね」

「めしあがりました」

「ではお茶をもういっぱいもらおうか。この若者とわしは、山ほど話し合うことがある」

あたしにはまだ、あいつがはっきり見えない。幽霊だからかもしれないし、大きすぎるせいかもしれない。父さんそっくりの大きな丸い顔が、コンスタンスとおじさんを交互に見てほほえみ、口をあけてしゃべっている。あたしはなるべく隅へもぐりこんだけど、とうとうその大きな顔がこっちを向いてしまった。

「やあ、メアリじゃないか」顔が言う。「おはよう、メアリ」

あたしはジョナスに顔を押し付けた。

「恥ずかしいのかな？」あいつはコンスタンスにたずねた。「だいじょうぶ。ぼくは子供に好かれるたちなんだ」

コンスタンスは笑った。「あまりよその人に会わないから」ぜんぜんぎこちなくないし、硬くなってもいない。いままでずっと、チャールズがやってくることを予期していたみたい。何を言い、どうふるまったらいいか、細かく計画していたみたい。まるで姉さんの人生という家に、昔からチャールズのための部屋が用意されていたみたい。

あいつは立ちあがって近づいてきた。「きれいなネコだね。名前はあるの？」

ジョナスといっしょに見つめ返したとき、あたしは思いついた。こいつにはじめて口をきくとしたら、この子の名前を言うのがいちばん安全かもしれない。「ジョナス」

「ジョナス？　きみのペットかい？」

「そう」二人してチャールズを見つめる。ジョナスと二人、まばたきもできず、目をそらすこともできずに。大きな白い顔は近くで見ても父さんそっくりで、大きな口がにやにやしている。

「いい友達になれそうだね、きみとジョナスとぼくと」

「朝食は何にする？」コンスタンスがチャールズにたずね、あたしにほほえみかける。あたしがこいつにジョナスの名前を教えたからだ。

「なんでもいいよ」チャールズはようやくあたしから顔をそらした。

「メリキャットはパンケーキを食べたわ」

「パンケーキか、いいね。すばらしいお天気、すてきな話し相手、おいしい朝食。言うことなしだよ」

「パンケーキは」ジュリアンおじさんが言う。「この家では名誉ある料理なのだよ。わしはめったに食べないがね。加減が悪いせいで、軽くて味のよい食事しかとれないのだ。パンケーキは朝食に出ておった、あの最後の――」

「ジュリアンおじさん」とコンスタンス。「原稿が床に落ちていますよ」

「ぼくが拾いましょう」ひざをついて原稿を集めるチャールズに、コンスタンスが声をかけた。「朝食のあとで庭を見てちょうだい」

「礼儀正しい若者だ」おじさんはチャールズから原稿を受けとりながら言った。「恩に着るよ。わしには部屋をつっきって床にかがむような芸当はできないからな。代わりにやってくれる者が見つかってうれしい限りだ。きみは姪より一歳かそこら年上だったな」

「三十二です」

「コンスタンスは二十八くらいか。誕生日を祝う習慣など、とっくの昔になくしてしまったが、二十八でだいたい合っているだろう。コンスタンス、すきっ腹を抱えておしゃべりするわけにはいかんよ。朝食はどこだね」

「一時間前にめしあがりました。いまお茶をいれます。チャールズにはパンケーキを作るわね」

「勇敢な男だ。おまえの料理は実にすばらしいが、欠点もあるからな」

「コンスタンスの作ったものなら、なんでもこわがらずに食べますよ」

「そうかね？ それはけっこう。パンケーキのような重たい食事は、繊細な腹にはもたれがちだと言いたかったのだが。きみは砒素《ひそ》のことを言っているのだろう」

「朝食をめしあがれ」コンスタンスが呼んだ。

ジョナスの後ろに顔を隠していたけれど、あたしは笑っていた。チャールズはたっぷり三十秒かけてフォークを持ちあげ、コンスタンスにずっとほほえみかけていた。とうとうコンスタンスにも、おじさんにも、ジョナスとあたしにも注目されているとわかって、パンケーキを小さく切り、口元に運んだが、どうしても口に入れることができなかった。しまいにパンケーキの刺さったフォークを皿にもどして、ジュリアンおじさんに向き直った。

「考えていたんですが、ここにいるあいだに、何かお手伝いできることはないでしょうか――庭の穴掘りとか、使い走りとか。きつい仕事はけっこう得意なんですよ」

「ゆうべこの家でディナーを食べたけど、けさ起きたときも生きていたでしょう」コンスタンスが言った。あたしは笑っていたけれど、姉さんはふいにむっとしたように見えた。

「なんだって？」とチャールズ。「ああ」忘れていたような顔でフォークを見下ろし、とうとう持ちあげてパンケーキをさっと口に入れ、もぐもぐし、呑みこんで、コンスタンスを見上げた。「うまいよ」コンスタンスはにっこりした。

「コンスタンス？」

「なんですか、おじさん」

「やっぱりけさは四十四章を始めないことにするよ。十七章にもどるつもりだ。その章でおまえの従兄一家と、その裁判中の態度について少しだけ述べていたんだ。チャールズ、きみは頭のいい若者だ。ぜひ話を聞かせてほしいんだが」

「もうずっと前のことですからね」チャールズは言った。

「メモをとっておけばよかったのだ」

「ぼくが言いたいのは」とチャールズ。「ぜんぶ忘れてしまうわけにはいかないんですか？　そんな思い出を引きずっていても、しかたないじゃないですか」

「忘れてしまう？」とジュリアンおじさん。「忘れてしまう？」

「あれは悲しくて恐ろしい時期でした。いつまでも話していたって、少しもコニーのためにはなりませんよ」

「お若いの、その口ぶりでは、わしの仕事を軽く見ているようだね。男たるもの仕事を軽く見てはいかん。男とはなすべき仕事を引き受け、やりとげるものなのだ。覚えておきたまえ、チャールズ」

「ぼくはただ、コニーのことも、あのひどい時期のことも話したくないと言ってるんです」

「でっち上げをしろと、嘘を並べろと、想像で書けと言うのかね」

「その話はもうたくさんです」

「コンスタンス？」

「なんですか、おじさん」コンスタンスはとても真剣な顔をしている。

「あれはほんとうに起こったのかね？　起こったと思うんだが」ジュリアンおじさんは指を口元に当ててたずねた。

コンスタンスはためらったが、口を開いた。「もちろんよ、おじさん」

「メモがあるんだ……」おじさんは声をとぎれさせ、原稿に向かって手をふった。

「そうですよ、おじさん。あれはほんとうにあったことです」

あたしは腹を立てていた。チャールズはどうしておじさんに優しくしてあげないんだろう。今日はまばゆく光るものの日になるはずだった。何かきらきらしたかわいいものを見つけて、ジュリアンおじさんの車椅子の近くに置いてあげよう。

「コンスタンス？」

「なんですか」

「外に出てもいいだろうか？　このかっこうで寒くないかね？」

「平気じゃないかしら」コンスタンスも気の毒に思っている。おじさんは悲しげに頭を前後にふり、鉛筆も下に置いてしまった。コンスタンスはおじさんの部屋からショールを取ってきて、肩を優しくくるんであげた。チャールズはいまや勇敢にパンケーキを食べていて、顔を上げようともしない。おじさんに優しくしなかったことを気にしているんだろうか。

「さあ、これで外へ出られますよ」コンスタンスは静かにおじさんに言った。「日差しは暖かいし、お庭は明るいし、お昼には網焼きのレバーをお出しします」

「やめておこうかな。卵だけにしておいたほうが、いいかもしれない」

コンスタンスは車椅子をドアまでそっと押していき、外階段の下へ注意深く下ろした。パンケーキから目を上げたチャールズが、手を貸そうと立ちあがりかけたが、コンスタンスは首をふった。「特等席に行きましょう」とジュリアンおじさんに話しかける。「あそこなら一分おきにようすが見られます。一時間に五回、手をふって合図しますね」

おじさんをいつもの場所につれていきながら、姉さんがずっと話しかけているのが聞こえた。ジョナスはあたしを置いて戸口まで行き、すわって二人を見守っていた。「ジョナス？」チャールズに呼ばれてふり返る。「メアリはぼくが気に入らないんだ」チャールズが話しかける口ぶりも、ジョナスの耳を貸すような態度もしゃくに障《さわ》った。「どうしたらメアリに気に入ってもらえるかな」ジョナスはちらりとあたしを見て、またチャールズのほうを見た。「だいじな二人の従妹に会いにきたっていうのに」とチャールズ。「何年ぶりかで二人の従妹とおじさんに会いにきたっていうのに、メアリは礼儀正しくもしてくれないんだ。どう思う、ジョナス」

流しのところで、膨《ふく》らんで落ちそうな水滴がきらきらと光った。水滴が落ちるまで息を止めていたら、チャールズは行ってしまうかもしれない。だけどそうはいかないとわかっていた。息を止めているのは簡単すぎるもの。

「まあいいや」チャールズはジョナスに言った。「コンスタンスはぼくを気に入ってる。肝心なのはそのことだけさ」

コンスタンスが戸口へもどってきてジョナスがどくのを待ち、どいてくれないとわかるとまたぎ越えた。「パンケーキのおかわりは？」

「もうたくさん。おちびさんと仲良くなろうとしているんだ」

「そのうちあなたのこと好きになるわよ」コンスタンスはあたしを見ていた。ジョナスは毛づくろいを始めていた。あたしはようやく言うことを思いついた。

「今日は家をきれいにする日よ」


ジュリアンおじさんはお昼まで庭でうとうとしていた。コンスタンスは掃除の最中に何度も裏の寝室まで行っては、窓からおじさんのようすを確かめ、ときには雑巾《ぞうきん》を手に立ちつくしていた。母さんの真珠や、サファイアの指輪や、ダイヤのブローチが入った宝石箱をぬぐいにもどってくるのを忘れたかのように。あたしが一度だけ窓から外を見ると、目を閉じたジュリアンおじさんの近くにチャールズが立っていた。あいつが畑の中や、リンゴの木の下や、おじさんが寝ている芝生の上を歩き回るかと思うと気分が悪くなった。

「けさは父さんの部屋はとばしましょう」コンスタンスは言った。「チャールズが泊まっているから」しばらくして、ずっと考えていたような声でこう続けた。「母さんの真珠をつけてもいいかしら。真珠はつけたことがないのよ」

「ずっと箱に入れてあったじゃない。とり出さなくちゃいけないわ」

「だれも気にしないでしょう」

「あたしが気にするわ、姉さんがもっときれいになったら」

コンスタンスは笑った。「ばかみたいね、わたし。真珠なんかつけたがって」

「このまま箱に入れておいたほうがいいわ」

チャールズが父さんの部屋のドアを閉めていたので、あたしは中をのぞけなかった。あいつは父さんのものを動かし、鏡台《きょうだい》の上の父さんの銀のブラシの横に、帽子やハンカチや手袋を置いたのだろうか。クローゼットや引き出しの中をのぞきこんだのだろうか。父さんの部屋は屋敷の正面にある。あいつは窓から見下ろし、芝生と長い私道の先の道路に目をやって、あの道を通って家に帰りたいと考えたのだろうか。

「チャールズはどのくらいかけてここまで来たの？」

「四、五時間だと思うわ。村までバスで来て、そこからは歩くしかなかったの」

「じゃあ家に帰るときも、四、五時間かかるわね」

「そうでしょうね。帰るときには」

「でもまずは、村まで歩かなくちゃいけないのよね」

「翼のあるウマで送っていってあげたら？」

「翼のあるウマなんて飼っていないもの」

「ねえ、メリキャット。チャールズは悪い人じゃないのよ」

鏡がきらきら光り、宝石箱の内側では、ダイヤモンドと真珠が陰の中で光を放っている。コンスタンスがおじさんのようすを見に窓辺に行くたびに、その影が廊下を行ったり来たりし、おもてでは若葉が日差しを浴びてすばやく揺れ動いている。チャールズが入ってきたのは、魔法が破られたせいにすぎない。コンスタンスの周りにもう一度、隙のない守りを張りめぐらし、チャールズを閉め出すことができれば、あいつはこの家から出ていくしかないだろう。家の中のあいつが触れた痕《あと》は、残らず消してしまわなくては。

「あいつは幽霊よ」あたしが言うと、コンスタンスはため息をついた。

あたしは父さんの部屋のドアノブを雑巾でこすった。チャールズの触れた痕が少なくとも一つ消えうせた。

二階の部屋をきれいにすると、あたしたちはいっしょに階下《した》へ降りてきた。雑巾とほうきとちりとりとモップを抱えた姿は、歩いて家に帰る二人の魔女みたいだ。客間に入って金の脚の椅子とハープのほこりをぬぐうと、何もかもあたしたちに向かってまばゆく輝いた。母さんの肖像画の青いドレスまで。あたしはほうきの先につけた布で、凝った壁の装飾を拭きながらよろよろ進み、ずっと顔を上げたまま、天井が床でそこを掃いているというつもりになった。空中に止まってほうきを見下ろしながらせっせと働き、また軽やかに飛び回っていると、やがて部屋がぐらぐら揺れ始め、あたしは床の上にもどって見上げていた。

「まだチャールズにこの部屋を見せてないのよ」コンスタンスが言った。「母さんはこの部屋がご自慢だったわ。すぐに見せてあげればよかった」

「お昼にサンドイッチを作ってくれる？　小川まで行きたいの」

「いつかはチャールズといっしょに食卓につかなくちゃいけないのよ、メリキャット」

「今夜ディナーのときにね、約束する」

食堂のほこりをぬぐい、銀の茶器と、椅子の木でできた高い背もたれも磨いた。コンスタンスは二、三分おきに台所に入って、勝手口から顔を出し、ジュリアンおじさんのようすを確かめていた。一度笑いながらこう言うのが聞こえた。「そこは泥だらけよ、気をつけて」チャールズに話しかけているのだ。

「ゆうべディナーのとき、チャールズをどこにすわらせたの？」あたしはそうたずねた。

「父さんの椅子よ。すわってもらってかまわないの。お客さまだし、父さんに似ているんだもの」

「今夜もそこにすわる？」

「そうよ、メリキャット」

チャールズが今夜もそこにすわるとしたらあまり意味はないけれど、あたしは父さんの椅子を念入りにぬぐった。銀器もぜんぶ磨かなくては。

家じゅうをきれいにしてしまうと、あたしたちは台所にもどった。チャールズがテーブルに向かってパイプをふかし、ジョナスをながめていた。ジョナスも見つめ返している。うちの台所にパイプの煙が漂うなんて不愉快だったし、ジョナスが見つめ返しているのもしゃくに障った。コンスタンスは勝手口から出て、ジュリアンおじさんを迎えにいった。

おじさんの声が聞こえてくる。「ドロシーかい？　起きていたよ、ドロシー」

「メアリはぼくが気に入らないんだ」チャールズはまたジョナスに言った。

「ぼくをきらいな人に、ぼくがどんな仕返しをするかメアリは知ってるのかな？　コンスタンス、車椅子を上げるの手伝おうか？　よく眠れましたか、おじさん？」

コンスタンスはジョナスとあたしにサンドイッチを作ってくれた。あたしたちは木の上で食べた。あたしは低い木の股にこしかけ、ジョナスは近くの細い枝で鳥を見張っていた。「ジョナス、もうチャールズの話を聞いちゃだめよ」あたしが勝手に決めようとしたので、ジョナスは目を丸くしてこちらを見た。「ジョナス、あいつは幽霊なの」ジョナスは目を閉じてそっぽを向いた。

チャールズを追い払うには、正しい道具を選ぶことがたいせつだ。魔法が不完全だったり、まちがって使われたりすれば、うちにもっと大きな災いを招くだけかもしれない。今日はきらきらしたものの日だから、母さんの宝石を使ったらどうだろう。でもどんよりした日には効果がないかもしれない。それに、しまい場所である箱の中から宝石を持ち出したりしたら、コンスタンスは腹を立てるだろう。コンスタンス自身は持ち出さないことに決めたのだから。それなら本がいいだろうか。本にはいつだって強い守りの力がある。でも父さんの本は木から落ち、チャールズの侵入を許してしまった。だとすると、本はチャールズには効果がないのかもしれない。木の幹に背中をもたせていると、魔法を思いついた。三日たってもチャールズが出ていかなかったら、玄関ホールの鏡を砕《くだ》いてやろう。

あいつはディナーのとき、あたしの向かいの父さんの椅子にすわっていた。大きな白い顔のせいで、サイドボードに載せた銀器が隠されている。コンスタンスがジュリアンおじさんのチキンを切り分け、お皿にきちんと載せるのをあいつはじっと見ていた。おじさんがチキンを一口ほおばり、口の中でしつこく転がすのもじっと見ていた。

「ビスケットよ、おじさん。中のやわらかいところをめしあがれ」

コンスタンスはあたしのサラダにうっかりドレッシングをかけていた。もっとも、あの大きな白い顔に見られていては、どうせ喉を通らなかったはずだけど。ジョナスはチキンをもらえず、あたしの椅子の横にすわっていた。

「いつもいっしょに食事するの?」チャールズはジュリアンおじさんのほうへ顎《あご》をしゃくってたずねた。

「具合がいいときはね」とコンスタンス。

「よくがまんできるな」

「いいかね、ジョン」おじさんがふいにチャールズに向かって言った。「父さんが財産を築いたころとは、投資のあり方が変わっているのだ。抜け目のない人だったが、時代は変わるということがわかっていなかった」

「だれに話してるんだ？」チャールズはコンスタンスにきいた。

「あなたのことを、弟のジョンだと思っているのよ」

チャールズは長いことジュリアンおじさんを見つめていたが、首をふってチキンにもどった。

「きみの左側の椅子が、死んだ妻の席だった」とジュリアンおじさん。「妻が最後にそこにすわったときのことを、よく覚えている。わしらは――」

「もうけっこう」チャールズはジュリアンおじさんに向かって指をふった。チキンを手づかみで食べていたので、その指は脂でぎらぎらしている。「これ以上その話はごめんです、おじさん」

あたしがテーブルについたのでコンスタンスは喜んでいた。あたしが目をやると、にっこりしてくれた。あたしが人前で食事をするのは好きじゃないと、姉さんにはちゃんとわかっている。だから料理をとっておいて、あとから台所で食べさせてくれるだろう。サラダにドレッシングをかけるなんて、うっかりしていたようだけど。

「けさ気がついたんだけど」チャールズはチキンの大皿を持ちあげ、しげしげと見ながら言った。「裏の階段が一段壊れてるね。近いうちに直してあげようか？　食べた分くらいは働かないと」

「どうもありがとう。あの段には長いこと困らされていたの」

「それに村へ行ってパイプタバコを買ってきたいから、ついでになんでもいるものを買ってきてあげるよ」

「でも火曜日にはあたしが村へ行くのよ」あたしはびっくりして言った。

「そうなの？」チャールズがテーブルのむこうからこちらを見た。大きな白い顔がまっすぐに見つめてくる。あたしは黙りこんだ。村へ歩いていくのは、チャールズが家に帰るための第一歩だと思い出したのだ。

「メリキャット、チャールズさえよければ、いい考えだと思うわ。あなたが村に行ってるあいだ、ずっと気が気じゃないんですもの」コンスタンスは笑った。「リストをわたすわ、チャールズ、お金もね。御用聞きになってちょうだい」

「お金は家に置いてあるの？」

「そうよ」

「あまり賢くないな」

「父さんの金庫に入っているもの」

「それでもさ」

「はっきり言うが」とジュリアンおじさん。「わしは決断する前に、帳簿を徹底的にあらためるようにしていた。だまされたはずはない」

「ぼくはメアリお嬢さんの仕事を取りあげてしまうわけだ」チャールズはまたこちらを見

た。「ほかの仕事を見つけてあげないとね、コニー」

テーブルにつく前に、チャールズに言うことをちゃんと決めてあった。「アマニタ・ファロイデスには三種類の毒があるの。アマニチンはゆっくりきいてくるけど、いちばん強力。ファロイディンには速効性がある。ファリンはいちばん弱いけど、赤血球を破壊する。初期症状が現れるのは、食後七時間から十二時間後。二十四時間かかることも、ときには四十時間かかることもある。症状は激しい腹痛、冷や汗、嘔吐《おうと》――」

「おい」チャールズはチキンを下ろした。「やめないか」

コンスタンスは笑っていた。「メリキャットったら」言葉の合間に笑い声を漏らす。「ほんとうにおばかさんね。わたしが教えたの」とチャールズに向かって、「小川のほとりや草地にキノコが生えるのよ。だから毒のあるのを覚えさせたの。ほんとにもう、メリキャットったら」

「食後五日から十日で死にいたるわ」

「あまりおもしろいとは思わないね」

「おばかさんね、メリキャット」

第六章

チャールズが村に出かけたからといって、屋敷が安全なわけではなかった。まずコンスタンスがあいつに門の鍵をわたしてしまっていた。もともとは一人に一つ鍵があったのだ。父さんの分も母さんの分もあり、勝手口の横の棚にしまわれていた。チャールズが村に出かけるとき、コンスタンスが父さんのものらしい鍵と、買い物リスト、買ったものに支払うお金を手わたしていた。

「こんなふうに、お金を家に置いといちゃいけないよ」あいつはお金をしばらく握りしめてから、尻ポケットに手を入れ、財布をひっぱり出した。「女所帯なんだから、金を家に置いといちゃいけない」

あたしは台所の隅からあいつを見ていたけど、あいつが家にいるあいだは、ジョナスを近くに来させるつもりはなかった。「ぜんぶメモしたかい？」あいつはコンスタンスにきいた。「二度手間はごめんだよ」

チャールズがじゅうぶん遠くまで、たぶん黒い岩のあたりまで行ったころになって、あたしは口を開いた。「図書館の本を忘れていったわ」

コンスタンスはちょっとの間あたしに目を当てていた。「いじわるお嬢さん。忘れていけばいいと思ってたんでしょう」

「あいつが図書館の本のこと、知るわけないじゃない。この家の人間じゃないんだもの。あたしたちの本にはなんの関係もないわ」

「あのね」コンスタンスはコンロの上のおなべをのぞきこんだ。「もうじきレタスが収穫できるわ。ずっと暖かかったから」

「月の上では」あたしは言いかけてやめた。

「月の上では」コンスタンスはふり向いてにっこりした。「一年じゅうレタスが採れるのかしら？」

「月の上にはなんでもあるのよ。レタスも、パンプキンパイも、アマニタ・ファロイデスも。ネコの毛の生えた植物も、翼をはためかせて踊るウマも。錠前はみんなしっかりかかっていて、幽霊なんかいないの。月の上ではジュリアンおじさんも具合がよくて、毎日お日さまが輝いてるの。姉さんは母さんの真珠をつけて歌をうたうし、お日さまはいつも輝いてるのよ」

「あなたの月に行けたらいいのにね。もうジンジャーブレッドにとりかかっていいかしら。チャールズが遅くなったらさめてしまうけど」

「あたしが食べてあげる」

「でもチャールズが大好物だと言っていたのよ」

あたしは図書館の本でテーブルの上に小さな家を作っていた。立てた二冊の上に一冊を横にして置く。「魔法使いのおばあさん、ジンジャーブレッドの家を持っているのね」

「なんの。わしが持っているのは、妹のメリキャットと暮らすすてきな家じゃ」

あたしは姉さんの言葉に笑い声を上げた。姉さんはコンロの上のおなべを気にかけ、顔に小麦粉をつけていた。「ひょっとすると、帰ってこないかも」あたしは言った。

「帰ってきてもらわないと。せっかくジンジャーブレッドを作ってるんだから」

火曜日の朝の仕事をチャールズに取られてしまったので、何もすることがなかった。小川までさんぽするのはどうだろう。でも火曜日の朝に行ってみたことはないから、小川がそこにあるかどうかもわからない。村の人たちはあたしを待ち構えているだろうか。お互いにつつき合い、あたしが来るのを横目で見張ったあげく、チャールズの姿にあぜんとしてふり返るのだろうか。ひょっとすると、ミス・メアリ・キャサリン・ブラックウッドがやってこないのにうろたえて、村じゅうが調子を崩し、まごまごするかもしれない。ジム・ドネルやハリス家の息子たちが、メアリはまだかと気をもむように道の先をながめる姿を想像して、くすくす笑ってしまった。

「何がおかしいの」コンスタンスがふり返った。

「ジンジャーブレッド・マンを作ってちょうだい。チャールズって名前をつけて、食べちゃうから」

「メリキャット、いい加減にして」

コンスタンスが怒り出しそうだとわかった。半分はあたしのせいだし、半分はジンジャーブレッドのせい。こうなったら逃げるが勝ち。することのない朝だし、ドアの外へ出るのは心細いから、この時間を利用して、チャールズに立ち向かう道具を探してみてはどうだろう。そう考えたあたしは二階へ向かった。半分近く階段を登るまで、ジンジャーブレッドを焼くにおいがあとからついてきた。チャールズはドアをあけたままにしていた。隙間は広くないけれど、手を差しこむにはじゅうぶんだった。

少し押すとドアが大きくあいたので、いまはチャールズのものである父さんの部屋をのぞきこんだ。ベッドは整えられている。母親からしつけられたにちがいない。椅子の上にスーツケースがあるけれど、ふたが閉まっている。ずっと父さんのものが載っていた鏡台《きょうだい》の上に、いまではチャールズのものが置いてある。チャールズのパイプ、ハンカチ――あいつが触れたり使ったりしたものが、父さんの部屋を穢《けが》している。鏡台の引き出しが一つ、わずかにあいていて、父さんの衣類を物色するチャールズの姿がまたしても目に浮かんだ。階下のコンスタンスに聞こえないように、足音をしのばせて部屋を横切り、引き出しの隙間をのぞきこむ。父さんのものを見たことをあたしに知られたとわかったら、あいつは気まずい思いをするだろう。この引き出しの中のものはとくべつ強力かもしれない。チャールズのやましい思いを宿しているのだから。あいつが父さんの宝石類を調べたとわかっても、あたしは驚かなかった。引き出しには革製の箱が入っていた。中には時計と金鎖、カフスボタン、印章指輪がしまわれているはずだ。母さんの宝石に手を触れるつもりはないけれど、コンスタンスは父さんの装身具については何も言わなかったし、きれいにするために この部屋に入《はい》りさえしなかった。だから箱をあけて何か持ち出してもかまわないだろう。時計は専用の小箱の中で、サテンの裏張りの上に音もなく横たわっていた。鎖はその横で丸まっている。指輪に触れるつもりはなかった。自分の指に指輪をはめることを考えると、決まってきつく縛られたような気分になる。輪には抜け出る隙がないからだ。でも時計の鎖は気に入った。鎖は持ちあげるとよじれて手のひらに巻きついてきた。宝石箱を注意深くもとにもどし、引き出しを閉めると、部屋を出て後ろ手にドアを閉ざした。時計の鎖を自分の部屋に持ちこむと、鎖は枕の上でふたたび丸まって、まどろむ金の小山になった。

鎖は土に埋めるつもりだったが、父さんの引き出しの暗い箱の中で、もう長いこと眠っていたのだと思うとかわいそうになった。日差しを浴びてきらきらできるように、高い場所に置いてやったほうがいい。だから本が落ちてしまった木にとめることにした。コンスタンスが台所でジンジャーブレッドをこしらえ、ジュリアンおじさんが部屋で眠り、チャールズが村の店をめぐり歩いているあいだ、あたしはベッドに寝そべって、金の鎖をもてあそんでいた。

「弟の金鎖だ」ジュリアンおじさんは興味深そうに身を乗り出した。「身につけたまま埋葬されたと思っておったが」

鎖を突き出すチャールズの手はふるえていた。黄色い壁を背景に、手がぶるぶるふるえている。「木の幹だ」声もふるえていた。「木にとめてあったんだ。まったく、この家はどうなってるんだ？」

「たいしたものじゃないわ」とコンスタンス。「ほんとよ、チャールズ。たいしたものじゃないの」

「たいしたものじゃない？　コニー、こいつは金でできてるんだよ」

「だれもほしがらないわ」

「輪が一つつぶれてる」チャールズは鎖を悲しげに見た。「ぼくがつけてもよかったのに。貴重品をこんなふうに扱うなんて。売ってもよかったのに」

「どういうこと？」

「身につけたまま埋葬されたと思っておった」とジュリアンおじさん。「弟はものをあっさり手放すたちではなかった。鎖を取りあげられていたとは、気づかなかったのだろうな」

「金《かね》になるんだ」チャールズはコンスタンスに言い聞かせていた。「こいつは時計用の金鎖だ。たぶん高い値段がつく。まともな人間なら、こういう貴重品を木にとめて回ったりしないもんだ」

「そんなところでやきもきしてたら、お昼がさめてしまうわ」

「二階へ持っていって、もとの箱にもどすよ」あいつが保管場所を知っていたことに気づいたのは、あたし一人だった。「そのあとで」あいつはあたしを見た。「どうして木の幹にあったのか、調べるとしよう」

「メリキャットがやったのよ。お昼を食べてちょうだい」

「どうしてわかるんだ？　メアリがやったって」

「いつものことだもの」コンスタンスはあたしににっこりした。「おばかさんね、メリキャット」

「ほんとうかい？」チャールズはあたしを見ながら、ゆっくりとテーブルに近づいた。

「弟は自分の容姿に惚れこんでおった。着飾ることに夢中だったが、さして清潔ではなかった」

台所は静かだった。コンスタンスはおじさんを部屋で昼寝させせようとベッドに入れてあげていた。「気の毒なメアリは、姉さんに追い出されたらどこに行くんだろうね」チャールズがジョナスにきいた。ジョナスは黙って耳を傾けている。「コンスタンスとチャールズに嫌われたら、気の毒なメアリはどうするんだろうね」

チャールズに出ていってくれとたのんでみればいい。こう考えたのはどうしてだろう。一度くらいていねいにたのまなくてはと思ったのかもしれない。出ていくことを思いつかないなら、思いつかせてやらねばと感じたのかもしれない。ともかく、次にやってみようと思ったのは、出ていってくれとたのむことだった。あいつが家じゅうに痕跡《こんせき》を残し、消せなくなってからでは遅いのだ。屋敷にはもうあいつのパイプとシェービングローションのにおいがしみついているし、あいつの立てる音が一日じゅう家のどこかで鳴り響いている。ときにはあいつのパイプが台所のテーブルに転がっているし、手袋やタバコ入れやお決まりのマッチ箱ときたら部屋じゅうに投げ出されている。あいつは毎日昼すぎに村まで歩いていき、新聞を持ち帰ってはどこにでも放り出しておく。コンスタンスの目に触れるかもしれない台所にまで。客間の椅子の薔薇《ばら》模様の錦織り《ブロケード》には、パイプから飛んだ火の粉のせいで小さな焦げ跡ができていた。コンスタンスはまだ気がついていないけれど、あたしは言いつけないことにした。傷つけられた屋敷が、ひとりでにあいつを追い出してくれればいい。

「コンスタンス」明るい朝、あたしはきいた。チャールズが来てから三日たったと思いながら。「あいつまだ帰るって言わないの?」

あたしがチャールズを帰したがると、コンスタンスはだんだん腹を立てるようになってきていた。いままではいつも話に耳を傾け、にっこり笑ってくれたし、怒るのはジョナスとあたしがいたずらしたときだけだった。だけどいまではしょっちゅうあたしにこわい顔をする。まるで姉さんの目に映るあたしが、なぜだかちがう姿になってしまったかのように。「言ったでしょう」姉さんは言った。「何度も何度も言ったでしょう。チャールズのことでこれ以上おかしな話は聞きたくないって。あの人はわたしたちの従兄で、招かれてここにいるのよ。たぶんその気になったら出ていくでしょう」

「あいつのせいで、ジュリアンおじさんの具合が悪くなってるのよ」

「おじさんが悲しいことばかり考えるのをやめさせようとしているだけよ。わたしもチャールズに賛成だわ。ジュリアンおじさんはもっと明るくなったほうがいいの」

「もうすぐ死ぬっていうのに、どうして明るくしなくちゃいけないの」

「わたしは務めを果たしてこなかった」

「どういうこと?」

「ずっとこの家に隠れてきたわ」コンスタンスはゆっくりと言った。言葉の順序が正しいかどうか、さっぱり自信が持てないかのように。日差しを浴びてコンロの前にたたずみ、髪と目は鮮やかな色だけど、にっこり笑ってはいなかった。そのままゆっくりと先を続ける。「ジュリアンおじさんがずっと過去の中に生きているのを、とりわけあの恐ろしい一日をくり返しているのを、わたしは見すごしてきた。しつけもせずにあなたをほうっておいた。最後に髪に櫛《くし》を入れたのはいつ？」

腹を立ててはいけない、とりわけコンスタンスに対しては。だけどチャールズなんか死んでしまえばいい。姉さんのことはいままで以上に守ってあげなくては。もしもあたしが怒って目をそむけたりしたら、姉さんはきっといなくなってしまうだろう。あたしはとても用心深く言った。「月の上では……」

「月の上では」コンスタンスは耳ざわりな笑い声を上げた。「何もかもわたしがいけなかったんだわ。自分がどれほどまちがっているか、わかっていなかった。隠れていたいからといって、何もかもなりゆきのままほうっておいたの。あなたにもジュリアンおじさんにも悪いことをしたわ」

「チャールズは壊れた階段も直しているの？」

「ジュリアンおじさんは入院させて、看護婦さんに世話してもらわなくては。そしてあなたは――」もう一度昔のメリキャットが見えたかのように、姉さんはとつぜん目を見開き、こちらへ腕をさしのべた。「ああ、メリキャット」少し笑う。「あなたのこと叱るなんて。ばかね、わたしったら」

あたしは近寄って、姉さんの身体《からだ》に腕を回した。「大好きよ、コンスタンス」

「いい子ね、メリキャット」

それからあたしは姉さんを置いて、外にいるチャールズと話をしにいった。チャールズに話しかけたらいやな気分になるとわかっていたけれど、ていねいにお願いできる時期は過ぎかけていたし、一度はたのんでみなければならない。チャールズの姿があると、庭の風景さえおかしなものになっていた。あいつはリンゴの木の下に立ち、木々はあいつのそばだとひねくれ、縮まって見えた。あたしは勝手口から出ると、ゆっくりとあいつのほうへ歩いていった。情け深い気持ちになろうと努力していた。そうしなければ、ていねいに話しかけたりできないとわかっていたからだ。だけどあの大きな白い顔が、テーブルごしににやにやしたり、あたしが動くたびにじろじろ見たりしたのを思い出すと、あいつが逃げ出すまでなぐりつけてやりたくなる。死んだあとも身体を踏みつけ、草の上の死体を見物してやりたくなる。だからむりやりチャールズに対して情け深い気持ちになり、ゆっくりと近づいていった。

「チャールズ？」あいつはこちらをふり返った。死んでいる姿が目に浮かぶ。「チャールズ」

「なんだい」

「出ていってくださいとお願いすることにしたの」

「わかった。お願いされたよ」

「出ていってくれる？」

「いやだね」

あたしはそれ以上言うことを思いつかなかった。輪が一つつぶれているというのに、チャールズは父さんの金鎖を身につけている。ポケットに父さんの時計が入っていることは見なくてもわかった。明日になったら父さんの印章指輪をはめているだろう。コンスタンスには母さんの真珠をつけさせるのかしら。

「ジョナスに近寄らないで」

「じっさいのところ、いまからひと月もしたら、まだこの家にいるのはどっちかな？　きみかな？　それともぼく？」

あたしは家の中に駆けもどり、まっすぐ父さんの部屋に上がると、鏡台の上の姿見を靴でなぐりつけ、一面にひびを入らせた。それから自分の部屋に入り、窓敷居に頭をもたせて眠った。

このころはいつもジュリアンおじさんに優しくするようにしていた。おじさんがかわいそうだった。寝室ですごす時間がどんどん長くなり、朝食も昼食もお盆から食べ、ディナーだけはチャールズのさげすむような目に見られながら、食堂でとっていたからだ。

「食べさせてやるとかできないのか？」チャールズはコンスタンスにきいた。「身体じゅう食べこぼしだらけだ」

「こぼすつもりじゃなかったんだ」ジュリアンおじさんがコンスタンスを見る。

「よだれかけがいるな」チャールズは笑った。

チャールズが毎朝台所にすわって、ハムやジャガイモや目玉焼きや温かいビスケットやドーナツやトーストをもりもり食べているあいだ、ジュリアンおじさんはホットミルクを飲みながら部屋でうつらうつらしていた。ときどきおじさんがコンスタンスを呼ぶと、チャールズが口をはさんだ。「忙しいって言ってやれよ。おねしょするたびに走っていくことはない。かまってもらいたいだけなのさ」

晴れ続きだったあのころの朝、あたしはチャールズより早く朝食をとることにしていた。食べ終わる前にあいつが降りてくると、お皿を持ったまま外へ出て、栗の木の下の草地に腰をおろした。一度おじさんに栗の木の若葉を持っていき、窓敷居に置いてあげた。家の外の日なたに立って、暗い部屋でひっそりと寝ているおじさんをながめ、もっと優しくしてあげる方法はないかと考えた。おじさんは部屋の中でさびしく横になって、おじさんだけの夢を見ている。あたしは台所に入っていって、コンスタンスに言った。「お昼にはジュリアンおじさんにやわらかいケーキを作ってあげて」

「姉さんは忙しいんだよ」チャールズが食べ物をほおばったまま言った。「奴隷《どれい》みたいに働いてる」

「作ってあげてくれる？」

「ごめんなさい」コンスタンスは言った。「やることがたくさんあるの」

「だけどジュリアンおじさんは、死にそうなのよ」

「コンスタンスは忙しいんだ」とチャールズ。「あっちへ行って、遊んでおいで」


あたしはある日の午後、村へ行くチャールズのあとをつけた。村へ行く日ではなかったから、黒い岩のところで立ち止まり、大通りを歩いていくあいつの姿を目で追った。あいつは足を止め、日の当たる店先に立っていたステラとしばらく言葉をかわし、新聞を買った。あいつがほかの男たちといっしょにベンチに腰かけたとき、あたしは背中を向けて家に帰った。もう一度村へ買い物に行ったら、通りすぎるあたしをながめる男たちの中に、チャールズも交ざっているだろう。コンスタンスは庭で働き、ジュリアンおじさんは日なたの車椅子で居眠りしていた。あたしがそっとベンチに腰かけると、コンスタンスが顔も上げずにたずねた。「どこに行ってたの、メリキャット」

「歩き回ってたの。ネコはどこ」

「わたしたち、あなたが歩き回るのをやめさせないとね。少し落ち着いてもいいころだわ」

「『わたしたち』って、姉さんとチャールズのこと？」

「メリキャット」コンスタンスはこちらをふり返り、上体を起こして身体の前で手を組んだ。「最近になってようやく気がついたの。ジュリアンおじさんとあなたまで、わたしといっしょにこの家に隠れさせていたのはまちがいだったって。わたしたち、世の中と向き合って、ふつうの暮らしを送ろうとするべきだったのよ。おじさんは何年も前に入院させて、ちゃんとした治療を受けさせ、看護婦さんに世話してもらうべきだったわ。ほかの人たちみたいに暮らさなくちゃいけなかったの。あなたは……」姉さんは口をつぐみ、困ったように両手をふり回した。「ボーイフレンドを作らなくちゃ」とうとう口に出すと、自分でもおかしかったのか、笑い出した。

「ジョナスがいるもの」あたしが姉さんと笑っていると、ジュリアンおじさんもふいに目を覚まして、か細いしわがれ声でいっしょに笑った。

「姉さんたら、見たこともないくらいおばかさんね」あたしはコンスタンスに言い、ジョナスを捜しにいった。歩き回っているうちに、チャールズが家に帰ってきた。新聞とディナー用のワインと父さんのスカーフを手にしている。チャールズが鍵を持っているから、そのスカーフで門を縛っておいたのだ。

「ぼくが身につけてもよかったのに」あいつがいらいらした口ぶりで言うのが、野菜畑まで聞こえてきた。あたしは野菜畑でジョナスを見つけたのだ。からみ合った若いレタスの中で眠りこんでいた。「高価なものだし、色もいい」

「父さんのものよ」コンスタンスが答える。

「そういえば、近いうちにお父さんの残りの服も見せてもらいたいな」あいつはしばらく黙っていた。おおかたあたしのベンチに腰かけているのだろう。それからさりげない口調で先を続けた。「それと、ここにいるあいだにお父さんの書類《ペイパー》にも目を通さないとね。何か重要なものがあるかもしれない」

「わしの原稿《ペイパー》はいかん」とジュリアンおじさん。「その若造には、わしの原稿に指一本触れさせんぞ」

「まだお父さんの書斎も見せてもらってないし」

「使ってないのよ。あの部屋のものには手を触れてもいないわ」

「もちろん、金庫は別だろ」

「コンスタンス？」

「なんですか、おじさん」

「あとでおまえに原稿を預けるよ。ほかのやつが手を触れないようにしてくれ。わかったね」

「わかりました」

コンスタンスが父さんのお金をしまっている金庫を、あたしはあけてはいけない。書斎には入ってもいいけれど、あの部屋は好きじゃなかったから、ドアノブにさわったこともない。姉さんがチャールズのために書斎をあけてやらないといいのに。なにしろあいつはもう父さんの寝室を使っているし、父さんの時計と金鎖と指輪も身につけている。悪霊や幽霊でいることは、いくらチャールズでもきっと難しいのだろう。一瞬でもうっかりしたり、変身を解いたりすれば、すぐさま正体がばれて追い払われてしまう。毎回同じ声を使い、まちがいなく同じ顔、同じ態度でいるようにありったけの注意をはらわなくてはいけない。尻尾を出さないよう絶えず気をつけているにちがいない。死んでしまったら、ほんとうの姿にもどるんだろうか――。肌寒くなってきたので、コンスタンスがおじさんを室内につれていくころだと思い、ジョナスをレタス畑で寝かせたまま、家の中にもどった。台所に入ると、ジュリアンおじさんがテーブルの上の原稿を狂ったようにかき回し、小さな山にしようとしていた。コンスタンスはジャガイモをむいていた。チャールズが二階で歩き回る音が聞こえ、しばらくのあいだ台所は暖かくて、まぶしく輝いていた。

「ジョナスはレタスの中で寝てるわ」

「サラダの中のネコの毛ほどおいしいものはないわね」コンスタンスが愛想よく言う。

「箱がいるな」ジュリアンおじさんが言った。背もたれに寄りかかり、けわしい目で原稿をにらんでいる。「残らず箱に入れねばならん。いますぐにだ。コンスタンス？」

「ええ、おじさん。箱なら探しておきます」

「原稿を残らず箱に入れて、箱をわしの部屋にしまっておけば、あのいやらしい若造も手が出せまい。あいつはほんとうにいやらしい若造だな、コンスタンス」

「おじさん、チャールズはほんとうは、とても優しい人なんですよ」

「あいつは嘘つきだ。父親も嘘つきだった。わしの弟は二人とも嘘つきだった。あいつがわしの原稿を取ろうとしたら、止めてくれるな？　原稿をいじらせるわけにはいかんし、口を出されてはたまらんからな。あいつにそう言っておいてくれ、コンスタンス。あいつは汚らわしい私生児だ」

「おじさん――」

「もちろん、単なるもののたとえだよ。弟たちは二人ともいたって身持ちのよい細君《さいくん》をもらったからな。男たちの決まり文句さ――こんな言葉を聞かせてしまってすまないな――いけ好かない人物を一くくりにそう呼ぶのだ」

コンスタンスは無言で背中を向け、地下室の階段と、屋敷のいちばん下に保存されている何列もの食品に通じるドアをあけた。そのまま静かに階段を降りていったので、二階からはチャールズの、地下からはコンスタンスの動き回る音が聞こえてきた。

「オレンジ公ウィリアムは私生児だった」ジュリアンおじさんが独り言を言い、紙切れを取りあげてメモした。コンスタンスは地下室の階段を登ってくると、おじさんのところへ箱を持っていった。「きれいな箱ですよ」

「何にするんだい？」

「原稿を入れるんです」

「あの若造にわしの原稿をさわらせてはいかん、コンスタンス。原稿を読ませてなるものか」

「わたしがいけないのよ」コンスタンスはあたしをふり返った。「おじさんは入院させなくては」

「原稿をその箱に入れるよ、コンスタンス、こちらにくれないか」

「おじさんは幸せなのよ」あたしはコンスタンスに言った。

「何もかもちがうふうにしてこなければいけなかったの」

「ジュリアンおじさんを入院させるのは、ぜんぜん親切じゃないと思う」

「でもそうしなくちゃ、もしもわたしが――」コンスタンスはふいに言葉を切り、流しのジャガイモに向き直った。「アップルソースにはクルミを入れましょうか」

あたしは黙りこくって、姉さんが言いかけたことに耳を傾けていた。時間はどんどん足りなくなり、屋敷をしめつけ、あたしを押しつぶそうとしている。そろそろ玄関ホールの大きな鏡を割るべきだろうか。だけどそのとき、チャールズの足音がどすどすと階段を降り、廊下をわたって台所に入ってきた。

「さてさて、みなさんおそろいだね。ディナーは何かな」

その夜、コンスタンスは客間でハープを聞かせてくれた。ハープの長い曲線が母さんの肖像画に影を落とし、優しい音が花びらのように降り注いだ。演奏したのは「海を越えて空へ」、「アフトン川の流れ」、「わたしは貴婦人を見た」、それと母さんがよく弾いていた別の曲。でも母さんの指がこんなに軽く弦に触れ、こんなにはかない旋律を生み出したことはない。ジュリアンおじさんは眠りこんだりせず、夢見るように聞きほれていたし、チャールズでさえ客間の家具に足を乗せるような真似《まね》はしなかった。パイプの煙を装飾のある天井まで漂わせていたし、コンスタンスが演奏するあいだ落ち着きなく歩き回っていたけれど。

「繊細な弾き方だ」ジュリアンおじさんは言った。「ブラックウッド家の女たちは、だれもが音楽の才能に恵まれていた」

チャールズは暖炉の前で立ち止まって、パイプを火格子《ひごうし》に打ち付けた。「かわいいな」とドレスデン人形を一体下ろす。コンスタンスは演奏をやめ、チャールズはそちらをふり返った。「高いのかい？」

「そうでもないわ。母さんが好きだったの」

ジュリアンおじさんが言った。「わしの昔からのお気に入りは『スコットランドのつりがね草』だよ。コンスタンス、できたら――」

「今日はもうおしまい」とチャールズ。「コンスタンスとぼくは話があるんですよ、おじさん。計画を立てなくては」

第七章

木曜日はあたしにとっていちばん強力な日。チャールズと決着をつけるにはふさわしい日だ。コンスタンスは朝、ディナー用のスパイスクッキーを焼くことにした。もったいない話だ。あたしたちのだれかが知っていたら、わざわざ焼くことはない、今日が最後の日になるのだからと教えてあげられたのに。だけどジュリアンおじさんでさえ、そうなるとは夢にも思っていなかった。おじさんは木曜日の朝には少し元気が出て、昼前にコンスタンスにつれられて台所に来た。台所はスパイスクッキーのにおいでいっぱいで、おじさんはまた原稿を箱にしまい始めた。チャールズは金槌《かなづち》を持ち出し、釘と板を見つけて、壊れた段を容赦なくひっぱたいていた。すごく下手くそなのが台所の窓から見えたので、あたしはうれしくなった。金槌で親指をたたいてしまえばいいのに。三人とも当分いまの場所にいそうだとはっきりするまで台所で待ってから、二階に上がって父さんの部屋に滑りこんだ。コンスタンスに居場所を覚《さと》られないよう、足音をひそめて歩き出す。最初にやらなくてはいけないのは、チャールズが動かした父さんの時計を止めること。あいつは鎖をつけていなかったから、壊れた段を直すために時計をはずしたことはわかっていた。時計と鎖と印章指輪は、チャールズのタバコ入れやブックマッチ四個といっしょに、鏡台の上に載っていた。マッチにさわってはいけないけれど、どのみちチャールズのマッチにさわるつもりはなかった。時計を手に取り、耳をすますと、チャールズが動かしたせいでチクタクと鳴っていた。二、三日前から動かしていたから、もとの位置まで針をもどすことはできない。だけど竜頭《りゅうず》を逆にひねっていくと、やがて小さく愚痴《ぐち》を言うようなカチッという音がして、チクタクいう音は聞こえなくなった。チャールズにも二度と動かせないことがはっきりすると、あたしは時計をそっともとの場所にもどした。少なくとも一つのものがチャールズの呪文から解き放たれた。傷一つつきそうにない、ピンと張ったあいつの皮にとうとう穴をあけたのだ。鎖のことはかまわなくていい、壊れているのだから。それに指輪は虫が好かない。あいつが触れたあらゆるものから痕跡《こんせき》を消し去るのは不可能に近いけれど、もしも父さんの部屋を一変させ、あとから台所と客間と書斎を、そして最後には庭まで変化させてしまったら、チャールズは見知ったものから切り離されて途方にくれ、ここは自分の訪ねてきた家ではないと認めるしかなく、出ていってしまうことだろう。あたしは父さんの部屋をとても手早く、ほとんど音も立てずに変化させた。

夜のあいだに暗闇の中に出ていき、野原と森で集めた木片《きぎれ》や折れ枝や木の葉、ガラスや金属の破片でいっぱいの大きなかごを持ちこんでおいた。ジョナスはあたしの周りをうろちょろして、みんなが寝ているあいだにこっそりさんぽするのを楽しんでいた。父さんの部屋を一変させるために、あたしは机から本を取り、ベッドから毛布をはぎとって、あいた場所にガラスや金属や木や枝や葉を置いていった。父さんのものをあたしの部屋に持ちこむことはできないから、そっと階段を登って、家族の遺品がまとめて置いてある屋根裏部屋へ運んでいった。それから水差し一杯の水を父さんのベッドに注いだ。チャールズは二度とここで眠れない。鏡台の鏡はとっくに砕いてあるから、チャールズは姿を映せない。あいつは本も服も見つけられず、葉と折れ枝だらけの部屋で途方にくれるだろう。あたしはカーテンを引き裂き、床に放り出した。これでチャールズは外を見ないわけにはいかない。家から離れていく私道と、その先の道路がいやでも目に入るはずだ。

あたしは部屋をながめてうれしくなった。幽霊で悪霊のあいつも、この部屋では調子が出ないことだろう。自分の部屋にもどると、ベッドに寝そべってジョナスと遊んだ。そのとき、チャールズが下の庭でコンスタンスに呼びかけるのが聞こえてきた。「もうがまんならない」と言っている。「あんまりだ」

「こんどはどうしたの？」コンスタンスがきいた。勝手口まで出ていったのだ。階下でジュリアンおじさんの声がする。「あの間抜けな若造に、怒鳴《どな》るのをやめろと言ってくれ」

あたしはすばやく外をながめた。階段の修理はチャールズの手に負えなかったようだ。金槌と板は地面に転がっているし、段はあいかわらず壊れたままなのだから。チャールズは小川から小径《こみち》を歩いてきたところで、何かを腕に抱えていた。こんどは何を見つけたのだろう。

「こんな話があるかよ」もう近くまで来ていたけど、あいかわらず声を張りあげている。「見ろよ、コニー。とにかく見てくれ」

「メリキャットのものだと思うわ」

「メリキャットのものじゃない。そんなんじゃないんだ。金だよ」

「ああ、そういえば」とコンスタンス。「ドル銀貨でしょう。あの子が埋めたの覚えてるわ」

「二、三十ドルある。頭にくるな」

「ものを埋めるのが好きなのよ」

チャールズはあいかわらず怒鳴りちらしながら、あたしのドル銀貨の箱を前後に荒っぽくゆすっている。下に落とさないかしら。あいつが地面にはいつくばって、ドル銀貨をかき集めるところが見たいんだけど。

「あいつの金じゃない」チャールズは叫んでいた。「あいつには隠す権利なんかないんだ」

チャールズはどうしてあたしの埋めた場所で箱を見つけたのだろう。ひょっとすると、チャールズとお金はどんなに離れていてもお互いを見つけられるのかもしれない。それともチャールズは、うちの土地を計画的に、くまなく掘り返しているのかもしれない。「ひひどい話だよ」まだ叫んでいる。「まったくとんでもない。あいつには権利なんかないんだ」

「どうってことないわ」姉さんが戸惑っているのがわかった。台所の中ではジュリアンおじさんが何かをたたきながら姉さんを呼んでいる。

「もっとあるかもしれないんだぞ」チャールズは責めるように箱を突き出した。「あのいかれた餓鬼《がき》が、そこらじゅうに何千ドルも埋めてるかもしれない。ぜ、っ、た、い、に見つからない場所に」

「ものを埋めるのが好きなのよ」とコンスタンス。「いま行きます、おじさん」

チャールズは箱をまだ大事そうに抱えたまま、姉さんについて中に入った。あいつがいなくなったあとで、もう一度箱を埋め直せばいい――あたしはそう考えたけど、やっぱりしゃくに障《さわ》った。階段のいちばん上に立って見ていると、チャールズが書斎のほうへ歩いていった。あたしのドル銀貨を父さんの金庫に入れるつもりのようだ。あたしはすばやく静かに階段を駆けおり、台所を突っ切った。「おばかさんね、メリキャット」通りすぎるあたしに、姉さんが声をかけてきた。スパイスクッキーを並べて長い列を作り、さまそうとしている。

あたしはチャールズのことを考えていた。あいつをハエに変えて、クモの巣の上に落としてやる。死にかけてブンブンいってるハエの身体《からだ》に閉じこめられ、巣にからまって手も足も出ず、じたばたしている姿を見物してやるんだ。あいつが死にますようにと願い続けていたら、いつかは死んでしまうだろう。木に縛りつけてほうっておいたら、身体は幹に呑みこまれ、口は樹皮に覆われるだろう。あいつが来るまでドル銀貨の箱が安全に眠っていた穴に突き落としてやってもいい。あいつが地面の下にいるなら、足を踏み鳴らしてその上を通ってやる。

あいつは穴をふさいでもいなかった。この付近を歩き回るうちに、土をいじった跡に気がつき、立ち止まってつついてから、両手でがむしゃらに掘り始めたのだろう。最初は眉《み》間《けん》にしわを寄せ、やがてドル銀貨の箱が出てくると、いやしい顔つきではっと息を呑んだにちがいない。「あ、た、し、が悪いんじゃないのよ」穴に向かって言った。代わりにここに埋めるものを探さなくては。チャールズだといいのに。

穴にはチャールズの頭がぴったり納まるはずだ。ちょうどいい大きさの丸石が見つかったので笑い声を上げ、表面をひっかいて顔を描き、穴に埋めた。「さよなら、チャールズ。次は他人《ひと》のものを盗んで回らないでね」

一時間ほど小川のそばにいた。あたしが川辺にいるあいだに、チャールズはとうとう二階に上がって、もうあいつのものでもなければ父さんのものでもない部屋に足を踏み入れたのだ。あいつが隠れ家に入《はい》りこんだのでは、という不安がちらりと頭をかすめたが、何もかもとのままだったから、ひっかき回されてはいないようだ。だけどこれほど近くに来られたのは気がかりだったので、いつも寝床にしている草や葉を捨て、毛布をゆすり、何もかも新しく運び入れた。ときどき食卓にするたいらな岩を洗い、入り口はましな枝でふさいだ。チャールズはもっとドル銀貨はないかともどってくるだろうか。六個の青いおはじきは気に入るだろうか。しまいにお腹がすいてきたので、あたしは家に帰った。すると台所ではチャールズがあいかわらず怒鳴りちらしていた。

「信じられない」いまでは金切り声になっている。「まったく信じられない」

いつまで怒鳴り続けるつもりだろう。こいつはうちの中に黒々とした騒音をまきちらしている。その声はどんどん細く、どんどん高くなっていく。このまま叫び続けていたら、しまいにキーキー鳴き出すかもしれない。あたしは勝手口の階段でジョナスの横に腰をおろした。チャールズにキーキー鳴かれたら、コンスタンスも笑い出すかもしれない。だけどそうはならなかった。あたしが階段にすわっているのを見つけたとたん、チャールズは一瞬黙りこみ、ふたたび口を開いたときには、低くゆっくりした声になっていたからだ。

「もどってきたんだな」あたしのほうへは来なかったけど、その声を聞いたとき、まるで近づいてこられるような気がした。あたしはチャールズを見なかった。ジョナスに目を落とす。ジョナスはチャールズを見ていた。

「どんな目に遭わせるかまだ決めちゃいないが」あいつは言った。「いずれにせよ、おまえは忘れられまいよ」

「この子を脅さないで、チャールズ」コンスタンスの声も気に入らなかった。おかしな感じだったし、自信のなさが伝わってきたからだ。「とにかく、みんなわたしが悪いのよ」

これが姉さんの新しい考え方。

コンスタンスを助けてあげよう。笑わせてあげたらいいかもしれない。「アマニタ・パンセリナ（テングタケ）には猛毒があるの。アマニタ・ルベセンス（ガンタケ）は食用で味もいい。キクタ・マクラータはドクゼリのことよ。食べてしまうと、野生の植物の中ではいちばん毒が強いの。アポキナム・カナビナム（インド大麻）にはたいした毒はないけれど、ヘビイチゴは……」

「やめろ」チャールズの声は落ち着いたままだ。

「コンスタンス、あたしたちお昼を食べにきたのよ、ジョナスとあたし」

「まずチャールズに説明しなさい」コンスタンスに言われて、あたしはぞっとした。

チャールズは台所のテーブルについていた。椅子を後ろに引き、少し向きを変えて、戸口にいるあたしと向かい合っている。コンスタンスはあいつの後ろに立ち、流しに寄りかかっている。ジュリアンおじさんは自分のテーブルに向かって原稿をかき交ぜていた。何列ものスパイスクッキーがさまされ、台所にはまだシナモンとナツメグの香りが漂っている。コンスタンスは夕食のとき、ジョナスにスパイスクッキーをくれるだろうか。あたしはそう考えたが、もちろんそうはならなかった。最後の日だったからだ。

「いいか」チャールズが言った。一握りの枝と泥を階下に持ってきていた。それがほんとうに部屋にあったとコンスタンスに証明するためかもしれない。あるいは一握りずつ運び出すつもりかもしれない。枝と泥は台所のテーブルにはそぐわなかった。コンスタンスがこんなに悲しそうなのは、一つにはきれいなテーブルに泥を置かれたせいかもしれない。

「いいか、よく聞け」とチャールズ。

「その若造がのべつまくしたてていては、この場所で仕事ができんよ」ジュリアンおじさんが口をはさんだ。「コンスタンス、少し静かにするように言ってくれないかね」

「あんたもだ」チャールズはあの低い声で続けた。「あんたたち二人にはさんざん辛抱《しんぼう》させられてきた。一人はおれの部屋を汚し、金を埋めて回る。もう一人はおれの名前すら覚えられん」

「チャールズっていうのよ」あたしはジョナスに話しかけた。お金を埋めたのはたしかにあたしのほう。だからあたしは名前を覚えられないほうじゃない。かわいそうなジュリアンおじさんは何も埋められないし、チャールズの名前も覚えられない。おじさんにもっと優しくしてあげよう。「ディナーのとき、おじさんにスパイスクッキーをあげてくれる?」あたしはコンスタンスにきいた。「ジョナスにも一枚」

「メアリ・キャサリン」とチャールズ。「一度だけ説明する機会をやろう。なんでおれの部屋をめちゃめちゃにした?」

答える理由はなかった。こいつはコンスタンスじゃないし、返事なんかしてやったら、またこの家にかすかな力でしがみついてしまうかもしれない。あたしは勝手口の階段にすわったまま、ジョナスの耳をいじくっていた。あたしがくすぐると、耳はぴくっと動いたり跳ねたりした。

「答えろ」

「何回言わせるんだ、ジョン、そのことは何一つ知らんぞ」ジュリアンおじさんが原稿をぴしゃりとたたき、まきちらした。「女同士の喧嘩だ。わしの知ったことじゃない。わしは女房のつまらぬいさかいに巻きこまれるつもりはないし、おまえにもぜひ見習ってほしいものだな。女たちが喧嘩したからといって、脅したりとがめたりしては男の沽券《こけん》にかかわる。落ちぶれたな、ジョン、落ちぶれたものだ」

「黙れ」チャールズがまた怒鳴り出したから、あたしはうれしくなった。「コンスタンス」チャールズは少し声を落とした。「ひどすぎるよ。なるべく早く抜け出したほうがいい」

「——弟から黙れと言われる筋合いはない。わしらは出ていくよ、ジョン、ほんとうにそうしてほしいなら。だが、考え直してくれんか、妻とわしは——」

「何もかも、わたしの責任なの」コンスタンスは泣き出しそうだ。もう何年も過ぎたというのに、また泣き出すなんて考えられない。でもあたしの身体はしめつけられ、冷え切っていて、姉さんのところにいけないのだ。

「悪いやつ」あたしはチャールズに言った。「おまえは幽霊で悪霊よ」

「なんだと」

「気にしないで」コンスタンスが口をはさむ。「メリキャットの冗談には耳を貸さないで」

「おまえはまったく自分勝手な男だ、ジョンよ。いっそろくでなしかもしれん。しかも世俗の品を好みすぎる。ときどき思うよ、おまえは正真正銘の紳士なのかと」

「精神病院だ」チャールズは断言した。「コンスタンス、ここは精神病院だよ」

「すぐにお部屋を掃除するわ、チャールズ。怒らないで」コンスタンスは必死になってあたしを見た。だけどあたしはしめつけられていて、目を合わせることができない。

「ジュリアンおじさん」チャールズは立ちあがり、おじさんのテーブルに近づいていった。

「わしの原稿にさわるな」ジュリアンおじさんは手で原稿を覆い隠そうとした。「近づくんじゃない、この私生児め」

「なんだと」

「すまないね」ジュリアンおじさんはコンスタンスに言った。「おまえに聞かせていい言葉じゃなかった。とにかくこの私生児に、わしの原稿に近づくなと言ってくれ」

「いいか」チャールズはおじさんに言った。「もうたくさんだ。おれはあんたのくだらん原稿にさわるつもりはないし、あんたの弟のジョンでもない」

「もちろんジョンではないさ。半インチほど背が足りんよ。おまえは私生児の若造だ。父親のもとに帰るがいい。恥ずかしながらわしの弟であるアーサーのもとに。そしてわしがそう言ったと伝えてくれ。よければ母親もいるときにな。しっかりした女だが、親族への思いやりに欠けておる。親類の縁を切ろうとしたのだ。だからわしの言葉をあの女の前でくり返してくれて、いっこうにかまわんよ」

「ぜんぶ忘れたんですよ、おじさん。コンスタンスとぼくは――」

「おまえが忘れとるのは礼儀だろうが、ぼうず、わしにあんな口をきくとは。反省しとるようで何よりだ。だがおまえのせいでだいぶ時間を無駄にしてしまった。いいかげん静かにしてくれないかね」

「姪御さんのメアリ・キャサリンと話をつけてからです」

「姪のメアリ・キャサリンはとっくに死んでしまったよ。家族がみんな亡くなったとき、あの子もあとを追ったのだ。知っていると思ったがな」

「なんだって」チャールズはすごい勢いでコンスタンスをふり返った。

「姪のメアリ・キャサリンは、姉が殺人の疑いで裁判を受けとる最中に、まともに世話してもらえず孤児院で死んだよ。だがあの子はわしの本にはほとんど出てこない。だからあの子の話はおしまいだ」

「あそこにすわってるじゃないですか」チャールズは顔を真っ赤にして両手をふり回した。

「お若いの」おじさんは鉛筆を下ろし、横にいるチャールズに向き直った。「言っておいたと思うが、わしはたいせつな仕事をしておるのだ。きさまときたら、四六時中じゃまばかりしおって。もうたくさんだ。口を閉じるかこの部屋から出ていけ」

あたしはチャールズのことを笑っていたし、コンスタンスさえほほえんでいた。チャールズはおじさんをにらみつけ、おじさんは原稿を読みながら独り言を言っていた。「生意気なイヌころめ」それから「コンスタンス?」

「なんですか、おじさん」

「どうしてわしの原稿はこの箱に入っているのかね? ぜんぶとり出して、並べ直さなくては。あの若造は原稿に近づかなかったかね? どうだい?」

「近づきませんでした」

「ずいぶんさしでがましいやつだが。いつ出ていくのかね」

「出ていきませんよ」とチャールズ。「ここにいるんです」

「何を言う。部屋などないぞ。コンスタンス?」

「なんですか、おじさん」

「昼食には骨付き肉が食べたいな。小さめの上等なやつを、こんがり焼いておくれ。キノコもいいね」

「わかりました」コンスタンスはほっとして答えた。「したくを始めなくちゃ」やっとそうできるのがうれしいかのように、テーブルに近づいてきて、チャールズが置いた泥と葉を払いのける。紙袋の中に落として屑《くず》かごに入れ、それから雑巾《ぞうきん》を持ってきてテーブルを拭いた。チャールズは姉さんと、あたしと、ジュリアンおじさんに目を当てた。自分の見聞きしたことをしっかり把握できず、見るからにまごついている。正体のばれた悪霊がはじめて身をよじり、じたばたしているのは楽しいながめだった。あたしはおじさんのことが誇らしかった。コンスタンスはチャールズにほほえみかけた。もうだれも怒鳴っていないのがうれしいのだ。姉さんはもう泣かないだろうし、ひょっとするとその目にも、あがいている悪霊の姿がちらりと映ったのかもしれない。なぜって姉さんはこう言ったからだ。

「お疲れのようね、チャールズ。お昼まで休んでらっしゃいな」

「どこで休むっていうんだ」チャールズはまだ怒っていた。「あの小娘をどうにかするまでここから動かないぞ」

「メリキャットのこと？　なぜどうにかしなくちゃいけないの？　あなたの部屋ならお掃除するって言ったでしょう」

「お仕置きもしないつもりか？」

「お仕置き？」あたしは立ちあがり、戸枠にもたれて身体をふるわせた。「お仕置き？　ディナー抜きでベッドにやるつもりね」

あたしは逃げ出した。駆け足で野原まで行き、安全な真ん中まで来ると腰をおろした。頭より高く伸びた草があたしを匿《かくま》ってくれる。ジョナスがやってきたので、だれにも見つからない場所でいっしょにすわっていた。

長い時間がたってから、もう一度立ちあがった。どこに行けばいいかわかったからだ。サマーハウスに行こう。六年というもの、サマーハウスに近づいたことはないけれど、チャールズが世界じゅうを真っ黒にしてしまったいま、無事なのはサマーハウスくらいだ。ジョナスはついてこようとしなかった。サマーハウスを毛嫌いしているので、そこへ通じる草だらけの小径にあたしが入るのを見て、ちがうほうへ行ってしまった。たいせつな用事があるから、またどこかで会おうというような顔で。そういえば、サマーハウスを気に入っている人など、一人もいなかった。父さんが設計し、近くに小川を引いて小さな滝を作ろうとしたのだが、建築の最中に、材木や石材や塗料の中に何かが入りこみ、その家をだめにしてしまった。母さんは一度戸口からのぞいているネズミを見かけて以来、ぜったいにそこへ出かけようとはしなかった。そして母さんの行かない場所には、だれ一人足を向けないのだ。

このあたりには何も埋めたことがない。地面は黒くて湿っているから、埋められるほうもあまり居心地がよくないだろう。サマーハウスの両側には木々が迫り、屋根の上で深々と呼吸していた。ここに植えられたかわいそうな花たちは、枯れてしまったか、巨大で品のない野草と化してしまった。サマーハウスの近くに立ってながめたとき、見たこともないほど醜《みにく》い場所だとあたしは思った。母さんはこの家を焼いてしまってくれと、本気でたのんでいたものだ。

中はじめじめしていて真っ暗だった。石の床にすわるのはいやだったけれど、ほかに場所などなかった。昔はここにも椅子があったし、低いテーブルさえあったかもしれない。だけどいまでは運び去られたか、朽ち果てたかしてなくなっている。床に腰をおろして、頭の中でみんなを正しい席につかせた。食堂のテーブルを丸く囲ませたのだ。父さんが上座についている。母さんは下座。ジュリアンおじさんは母さんのとなり。弟のトマスが反対側。父さんの両側にはドロシーおばさんとコンスタンスがいる。あたしはコンスタンスとおじさんのあいだ、食卓でのあたしの正当な場所、あたしにふさわしい場所にすわっている。それからおもむろにみんなの声に耳を傾けた。

「――メアリ・キャサリンに本を買ってやろう。ルーシー、メアリ・キャサリンに新しい本を買ってやるのはどうかな」

「メアリ・キャサリンにはなんでもほしいものを持たせてやりましょう。最愛の娘にはなんでも好きなものを持たせてやらなくては」

「コンスタンス、妹のバターがないよ。すぐに回してやっておくれ」

「メアリ・キャサリン、みんなおまえが大好きよ」

「お仕置きなんてとんでもない。ルーシー、最愛の娘、メアリ・キャサリンがお仕置きなど受けないよう、気をつけておくれ」

「メアリ・キャサリンはいけないことをしないよう、自分で気をつけているんです。お仕置きなどすることはありませんわ」

「聞いた話だが、いうことをきかない子供は、お仕置きとしてディナー抜きでベッドにやられるんだそうだ。メアリ・キャサリンをそんな目に遭わせてはいけないよ」

「ほんとうですわね、あなた。メアリ・キャサリンにお仕置きしてはいけません。ディナー抜きでベッドにやったりしてはいけません。メアリ・キャサリンは、お仕置きを受けるような真似《まね》など、ぜったいにしませんもの」

「最愛の娘、いちばんかわいい娘、メアリ・キャサリンはたいせつに守ってやらなくては。トマス、姉さんにおまえのディナーをやりなさい。もっと食べたいだろう」

「ドロシー――ジュリアン。最愛の娘が立ちあがったら、あなたがたも立ちあがってね」

「大好きなメアリ・キャサリンに、みんなで頭を下げるんだ」

第八章

ディナーに帰らなくてはいけなかった。コンスタンスとジュリアンおじさんとチャールズといっしょにディナーの席につくのは、とてもたいせつなことだった。三人が食卓についてディナーを食べ、おしゃべりし、料理を回し合っているのに、あたしの席がからっぽだなんて考えられない。夕闇がたれこめる中、ジョナスといっしょに小径《こみち》をたどり、庭を抜けていきながら、あたしはありったけの愛情をこめて屋敷をながめた。すばらしい家だ。じきに清められ、美しい姿をとりもどすだろう。しばらく立ち止まって見つめていると、ジョナスがふしぎそうに脚をかすめ、優しい声で話しかけてきた。

「うちをながめてるのよ」と言ってやると、静かにかたわらにたたずみ、いっしょになって見上げてくれた。屋根はしっかりと空を指し、壁はぴったりと合わさり、窓はほんのりと輝いている。すばらしい家だし、もう少しで清めてしまえる。台所と食堂の窓から明かりが漏れていた。ディナーの時間なのだ。あたしも加わらなくては。家の中に入《はい》り、背後でドアを閉めたかった。

中に入ろうと勝手口をあけたとたん、まだ家の中に怒りがくすぶっているとわかった。よくこんなに長い時間、一つの感情を持ち続けられるものだ。台所にいても、えんえんと続くあいつの声がはっきりと聞こえてきた。

「――あの子をどうにかしなくちゃ。こんなふうにやってくわけにはいかないよ」

かわいそうなコンスタンス、いつまでもあいつの話に耳を傾け、料理がさめるのを見ていなくちゃならないなんて。ジョナスが先に立って食堂に入ると、コンスタンスの声が聞こえてきた。「帰ってきたわ」

あたしは食堂の戸口にたたずみ、ちょっとの間じっくりとながめた。コンスタンスはピンクの服を着て、髪を後ろへきれいになでつけている。あたしと目が合うとにっこりしてくれた。お小言を聞かされるのにうんざりしているのだ。ジュリアンおじさんの車椅子はテーブルにぴったりと押し付けられている。おじさんの顎《あご》の下にナプキンがはさみこんであったので、あたしは悲しい気持ちになった。好きなように食べさせてあげないなんて、とんでもない話だ。おじさんが食べているのはミートローフと、かぐわしい夏の日にコンスタンスが保存食にした豆。あらかじめ小さく切ってもらったミートローフを、豆といっしょにスプーンの背ですりつぶし、かきまぜてから口に入れようとしている。おじさんは聞いていなかったけど、あいつの声はきりもなく続いた。

「もどってくることにしたんだな。ちょうどよかった。姉さんとおれは、おまえに思い知らせるにはどうしたらいいか、決めようとしてたところさ」

「顔を洗ってらっしゃい、メリキャット」コンスタンスが優しく声をかけてくれた。「それから髪に櫛《くし》も入れてね。だらしないかっこうで食卓についてほしくないの。チャールズはただでさえあなたに腹を立てているんだから」

チャールズはフォークの先をあたしに突きつけた。「言っておくがな、メアリ、おまえのいたずらはこれっきりだ。姉さんとおれは、隠されたり、壊されたり、癇癪《かんしゃく》を起こされたりするのはもうたくさんなんだ」

フォークの先を突きつけられるのは気に入らなかった。しつこい声の響きも気に入らなかった。そのフォークで料理を刺して口に入れ、喉に詰まらせてしまえばいいのに。

「急いで、メリキャット」とコンスタンス。「ディナーがさめてしまうわ」あたしが食卓でディナーをとらないことを姉さんは知っている。あとで台所へあたしの分を持ってきてくれるだろう。でもチャールズにそのことを思い出させ、お小言の種を増やしたくないのだ。あたしは姉さんににっこりしてから廊下に出た。後ろでまだ声が続いている。これほどたくさんの言葉がこの家に響くのはずいぶんひさしぶりだ。きれいにしてしまうには、そうとう時間がかかるだろう。二階に向かっていることをはっきりさせようと、足音高く階段を上がったが、登り切ったところで、ついてくるジョナスと同じくらい足音をしのばせた。

コンスタンスはあいつの泊まっている部屋をきれいにしてしまっていた。ものを運び出しただけなので、部屋はがらんとして見えた。あたしがぜんぶ屋根裏に持っていってしまったから、運び入れるものがなかったのだ。鏡台《きょうだい》の引き出しはからっぽ。クローゼットも本棚もからっぽだ。鏡はなく、壊れた時計とつぶれた鎖だけが鏡台の上に載っている。湿った夜具は運び出されていた。ベッドがまた整えられているから、マットレスは乾かしたあとひっくり返したのだろう。長いカーテンはなくなっていた。洗濯する気かもしれない。あいつはベッドの上に寝そべっていたのだ。夜具が乱れているし、火のついたままのパイプがベッドのわきのテーブルに載っている。コンスタンスがディナーに呼んだとき、あいつはここに横たわっていたのだろう。何か見慣れたものはないかと、様変わりした部屋をきょろきょろ見回しただろうか。クローゼットの扉の角や、天井の明かりによってすべてが呼びもどされるのではと期待しただろうか。コンスタンスが一人でマットレスをひっくり返すはめになったのは気の毒だった。いつもならあたしが手伝ってあげるのに。もしかするとあいつがやってきて、代わりにやると申し出たのかもしれない。姉さんはパイプ用のきれいなソーサーまで持ってきてやっていた。うちには灰皿がない。あいつがパイプを置く場所をしょっちゅう探していたので、コンスタンスが食品庫《パントリー》の棚から欠けたソーサーを一組出してきて、これに置けばいいわとわたしてやったのだ。ソーサーの色はピンクで、へりに金色の葉が描いてある。あたしが覚えている限り、いちばん古い食器セットの中にあったものだ。

「だれが使ったの？」コンスタンスが台所にソーサーを持ってきたとき、あたしはきいた。「カップはないの？」

「使われてるのを見たことはないわね。わたしが台所仕事をする前のものよ。ひいおばあさんかだれかが、花嫁道具として持ってきたの。使ってるうちに割れてしまったから、別のととり替えられて、しまいに食品庫のいちばん上の棚に片付けられたんだわ。いままではこのソーサーと、ディナー皿が三枚あるだけ」

「食品庫のものよ。家じゅうに散らばしちゃいけないわ」

コンスタンスがチャールズにわたしてしまったせいで、棚にきちんとしまわれ、ひっそりとすごしていたソーサーは、いまや家じゅうにまきちらされている。一枚は客間、一枚は食堂、一枚はたぶん書斎にあるはずだ。壊れやすいものではない。いま寝室にある一枚は、上に載ったパイプにまだ火がついているのに、ひびさえ入っていないのだから。この部屋で何か見つかることは、朝からずっとわかっていた。テーブルから払いのけて屑《くず》かごに落とすと、ソーサーとパイプはあいつが家に持ちこんだ新聞の上にそっと着地した。

あたしは自分の目がふしぎだった。片方――左目――が見るのは金色や黄色や橙《だいだい》色のもの。もう片方が見るのは青や灰色や緑色の影。もしかすると、片目は昼を、片目は夜を見るためにあるのかもしれない。世界じゅうのみんながちがった目でちがった色を見ているとしたら、これから先も、うんとたくさんの新しい色が発明されるかもしれない。下に降りようと階段まで来てからいいつけを思い出したので、しかたなく引き返して顔を洗い、髪に櫛を入れた。「やけに長かったな」あたしが食卓につくと、あいつが言った。「上で何してたんだ？」

「ピンクのおさとうがかかったケーキを作ってくれる？」あたしはコンスタンスにきいた。「ちっちゃな金色の葉が回りについてるの。ジョナスとパーティを開くから」

「あしたにでもね」

「ディナーのあと、じっくり話をしようじゃないか」とチャールズ。

「ソラヌム・ドゥルカマラ」

「なんだと？」

「ベラドンナのことよ」コンスタンスが口をはさむ。「チャールズ、お願いだからその話はあとにして」

「もうがまんできないんだ」

「コンスタンス」

「なんですか、ジュリアンおじさん」

「お皿を空《から》にしたよ」おじさんはナプキンにミートローフのかけらがついているのを見て、口に放りこんだ。「次は何が出てくるのかね」

「おかわりはいかが？　たくさん食べてもらえてうれしいわ」

「今夜はかなり具合がいいんだよ。こんなに元気が出たのはひさしぶりだ」

ジュリアンおじさんの具合がよくて、あたしはうれしかった。おじさんが幸せなのは、チャールズにぶしつけな態度をとっているからだ。コンスタンスがミートローフをもう一枚、小さめに切りとっているあいだ、おじさんは年とった目にいじわるそうな光を宿してチャールズを見つめていた。何かいけないことを言うつもりなのだ。「お若いの」とうとう口を開いた。だけどチャールズはやにわに頭をめぐらせて廊下をのぞいた。

「煙くさいな」

コンスタンスは手を止めて顔を上げ、台所に通じるドアを見た。「コンロかしら」慌てて立ちあがり、台所に入る。

「お若いの――」

「たしかに煙だ」チャールズは廊下をのぞきにいった。「このあたりだ」だれに話しかけているつもりなんだろう。コンスタンスは台所にいるし、おじさんはこれから言うことを考えているし、あたしは聞くのをやめてしまったのに。「たしかに煙だ」とチャールズ。

「コンロじゃないわ」コンスタンスは台所の戸口に立って、チャールズを見つめた。

チャールズはふり返ってあたしに近づいてきた。「もしもおまえのしわざだったら……」

あたしは笑ってやった。チャールズはどう見ても、煙をたどって二階に上がるのをこわがっていたからだ。そのときコンスタンスが言った。「チャールズ――あなたのパイプ――」あいつはくるりと背を向け、階段を駆けあがった。「何度も何度もたのんだのに」とコンスタンス。

「火事になるの？」あたしがきいたとき、二階からチャールズの悲鳴が聞こえてきた。森に棲むアオカケスそっくりの声だ。「チャールズよ」あたしがていねいに教えてあげると、コンスタンスは廊下に走り出て二階を見上げた。「どうしたの？」とたずねる。「チャールズ、どうしたっていうの？」

「火事だ」チャールズが階段を駆けおりてきた。「逃げろ、逃げろ、家じゅうが火に包まれてる」コンスタンスに向かってがなり立てる。「電話がないとはな」

「わしの原稿」とおじさん。「原稿を集めて、安全な場所に移すよ」おじさんはテーブルの端を押して、車椅子を後ろに下げた。「コンスタンス？」

「逃げろ」チャールズはもう玄関で鍵をひねっていた。「走るんだ、ばか野郎」

「ここ数年、あまり走ってはおらんのでな。何をそうかっかしておるのかね。原稿を集める時間くらいあるだろう」

玄関をあけたチャールズは、敷居の上でふり返り、コンスタンスに呼びかけた。「金庫を運び出そうと思うな。金《かね》はかばんに入れるんだ。助けを呼んですぐもどってくる。落ち着くんだぞ」あいつは駆け出していった。村のほうへ走りながら、叫んでいるのが聞こえた。「火事だ！　火事だ！　火事だ！」

「たいへん」コンスタンスはほとんど楽しんでいるような口ぶりで言った。それから車椅子を押しておじさんを部屋へつれていってあげた。あたしは廊下に出て二階を見上げた。チャールズが父さんの部屋のドアをあけっぱなしにしていたので、室内の炎の動きを見ることができた。炎は上にのぼっている。屋根裏部屋にある家族の遺品を焼きつくしてしまうだろう。チャールズは玄関もあけていったので、一筋の煙が階段を降り、おもてへ漂っていった。慌てて動いたり、叫びながら家じゅうを走り回ったりする必要はなさそうだった。火のほうも急いではいないようだったからだ。階段を上がって父さんの部屋のドアを閉め、炎を閉じこめて、チャールズだけのものにしてしまえるかしら。だけど階段を登ろうとしたとき、炎の指が伸びてきて廊下のじゅうたんに触れ、父さんの部屋で何か重いものがどさりと倒れた。あの部屋にはもう、チャールズのものは何一つ残っていない。あいつのパイプさえ消えうせてしまっただろう。

「ジュリアンおじさんは原稿を集めているわ」コンスタンスが廊下に出てきて隣に立った。腕におじさんのショールをかけている。

「外に出なくちゃ」あたしは言った。姉さんがこわがっているとわかったので、こうつけ加えた。「ポーチにいればいいわ。蔓の陰の暗いところに」

「ついこのあいだ、きれいにしたばかりなのに。燃えてしまうなんて許せないわ」姉さんは腹でも立てているようにふるえ始めた。あたしは姉さんの手を握り、あけっぱなしの玄関からつれ出した。もう一度見ようとふり返ったとき、サイレンのやかましい音とともに光が私道に入ってきた。あたしたちは光にさらされ、戸口に立ちすくんでしまった。コンスタンスは顔をあたしに押し付け、隠れようとした。そのとき消防車から真っ先に飛びおり、階段を駆けあがってきたのはジム・ドネルだった。「どけ」と、あたしたちを押しのけ、家の中に入ってゆく。あたしはポーチに沿って、蔓のはびこる片隅までコンスタンスをつれていった。コンスタンスは隅っこに入り、蔓にへばりついた。あたしは姉さんの手をぎゅっと握り、いっしょになりゆきを見守った。男たちの大きな足がうちの敷居をまたぎ、ホースを引きずって、汚れと混乱と危険を持ちこんでゆく。光がさらに私道に入り、階段に近づいてきた。家の正面は白っぽく浮きあがり、こんなにくっきり照らされてきり悪そうだった。屋敷はこれまで光を当てられたことがないのだ。騒音はやかましすぎて、残らず聞きとるわけにはいかなかったが、どこかにチャールズの声が混ざっていた。あいかわらずえんえんとまくし立てている。「書斎に金庫が」と千回も言っている。

煙が玄関からあふれてきて、押し入ろうとする大きな男たちのあいだをすり抜けた。

「コンスタンス」あたしはささやいた。「見ちゃだめよ」

「わたしのこと、見えるかしら」姉さんがささやき返す。「だれか見てる？」

「みんな火事を見てるわ。黙って」

あたしは蔓をすかして注意深くながめた。車の長い列と村の消防車が屋敷のすぐそばに止められ、村じゅうの人間が集まって上を向き、見物している。笑っている顔もあれば、おびえている顔もある。そのときとても近いところでだれかが叫んだ。「女たちはどうした？　それからじいさんは？　だれか見なかったか」

「逃げろと言っておいた」チャールズがどこかで叫ぶ。「心配いらん」

ジュリアンおじさんは車椅子をうまくあやつって、勝手口から出られるはずだ。もっとも、台所やおじさんの部屋の近くには火が回っていないようだけど。ホースが見え、男たちの叫びが聞こえた。みんな階段と二階正面の寝室にいる。玄関から入るわけにはいかないし、コンスタンスを置いていけたとしても、屋敷を回って勝手口まで行こうとすれば、光を浴び、注目を集めながら外階段を降りるはめになる。「ジュリアンおじさんはこわがってた？」コンスタンスにささやく。

「いらいらしてたと思うわ」姉さんは言った。二、三分後、「あの廊下をもう一度きれいにするには、うんとこすらなくちゃいけないわね」とため息をつく。姉さんが屋敷のことを考え、外の人たちのことを忘れていたので、あたしはうれしかった。

「ジョナスは？　あの子どこかしら」

蔓の陰で姉さんが少しほほえむのが見えた。「あの子もいらいらしてたわ。おじさんが原稿を集められるようにお部屋につれていったとき、勝手口から出ていったわよ」

家族はみんなだいじょうぶだ。原稿に気を取られたら、おじさんはきっと火事だということも忘れてしまうだろう。ジョナスが木々の陰から見守っていることは、まずまちがいない。チャールズの火事をあいつらが消し止めたら、コンスタンスを中につれもどして、いっしょに屋敷の掃除を始めればいい。コンスタンスは落ち着いてきたけれど、車は次々に私道を近づいてくるし、男たちの足は同じ動きをしつこくくり返し、敷居を越えて出入りしている。〝隊長〟と書かれた帽子のジム・ドネルを除いたら、だれ一人見分けることはできない。屋敷の前で火事を見上げて笑っている顔も、一つとして名前のわかるものはなかった。

あたしは頭をはっきりさせようとした。屋敷は燃えている。家の中に火がついているのだ。だけど奇妙なことに、帽子とレインコート姿のジム・ドネルや、ほかの名なしの男たちには、屋敷の骨組みに沿って走る火を消し止める能力《ちから》がある。これはチャールズの火事。火だけに耳をすますと、歌うような熱い音が二階から聞こえてきた。その音を包みこみ、かき消してしまうのは、家の中にいる男たちの声、外で見物する野次馬のざわめき、私道を走る遠い車の音。かたわらではコンスタンスが静かにたたずみ、ときおり屋敷に入る男たちに目を走らせているが、たいていは両手で目を覆っている。姉さんは気持ちが昂《たか》ぶっているけど、危険な状態ではない。たまにひときわ高い声が耳に飛びこんでくる。ジム・ドネルがいくつか指示を叫び、群衆の中から大声が上がる。「燃やしちまったらどうだい」

笑いまじりの女の声がはっきりと聞こえてくる。そして「一階の書斎から金庫を運び出せ」これはチャールズだ。正面の野次馬の中にのうのうと交ざっている。

「燃やしちまったらどうだい」女がしつこく叫ぶと、玄関から出入りする黒い男たちの一人がふり向き、手をふってにやりと笑った。「おれたちゃ消防団さ」と叫び返す。「消すのが仕事だ」

「燃やしちまいなよ」

もうもうとした醜い煙がいたるところにたちこめている。ときおりのぞいて見ると、煙は村人たちの顔を巻きこみ、すさまじい波と化して玄関からあふれ出ている。一度家の中から大きな音がして、早口の差し迫った声が響いたので、おもてにいる顔の群れは煙の中で口をあけ、うれしそうにふりあおいだ。「金庫を運び出せ」チャールズが狂ったように叫ぶ。「二、三人で書斎から金庫を運び出すんだ。屋敷全体が燃えちまう」

「燃やしちまいなよ」女が叫ぶ。

あたしはお腹がぺこぺこで、ディナーが食べたかった。あいつらはどのくらい火事を長引かせてから、消火を終えて行ってしまうんだろう。それまではコンスタンスといっしょに中にもどれないというのに。村の男の子が一、二人、ポーチにじりじりと登って、危険なほど近づいてきていた。だけどポーチには目もくれず、家の中ばかりのぞきこみ、消防士とホースのむこうを爪先立って見ようとしている。くたびれてきたあたしは、何もかもおしまいになればいいのにと思った。そのとき明かりが薄れかけていることに気がついた。芝生の上の顔は見づらくなってきたし、騒音に新しい調子が加わっていた。屋内の声は自信を増し、鋭さを失い、歓声に近くなって、屋外の声は低く不満げなものに変わっている。

「消えそうだ」

「おさまってきたな」

「だけど大損害だね」笑い声が上がる。「古いお屋敷が台無しだ」

「何年も前に燃えちまえばよかったのさ」

「あいつらもろともね」

あたしたちのことだ。コンスタンスとあたし。

「なあ――だれかほんとうにあいつらを見かけなかったか」

「それほどついてなかった。消防士が外へ出しちまったのさ」

「つまんねえの」

火明かりは消えかけていた。外の連中はいまや陰に包まれ、車のライトだけに照らされて、顔の一部を細くぼんやりと浮きあがらせている。笑顔がひらめき、どこかで上がった片手がふられ、残念そうな声がだらだらと続いている。

「だいたい消えたな」

「いい火事だった」

ジム・ドネルが玄関から現れた。体格のよさと〝隊長〟の帽子のおかげでだれにでも見分けられる。「なあ、ジム」だれかが呼びかけた。「どうして燃やしちまわなかったんだよ」

ジムは両手を上げて、みんなを黙らせた。「諸君、火はすっかり消えた」

そのまま手をそろそろと上に伸ばし、〝隊長〟の帽子を脱ぐと、みんなに注目されながらゆっくりと階段を降り、消防車まで行って前の席に帽子を置いた。それからしゃがみこみ、あたりを注意深く探ると、しまいにみんなの目の前で石を手に取った。一言も口をきかずにゆっくりと向きを変え、腕をふりかざすと、石を投げつけて母さんの客間の高い窓を打ち砕《くだ》いた。ジムの背後でどっと笑い声が上がり、高まったかと思うと、最初は階段の上の男の子たち、次いで別の男たち、最後に女たちや小さな子供たちが、波のように屋敷に押し寄せてきた。

「コンスタンス」あたしは言った。「コンスタンス」でも姉さんは両手で耳をふさいでいる。

客間のもう一枚の窓が、こんどは内側から破れた。コンスタンスの椅子のそばにいつも立っていたランプで打ち砕かれたのだ。

何よりも恐ろしかったのは笑い声だ。ドレスデン人形が一体投げ出され、ポーチの手すりに当たって砕けた。もう一体は無傷のまま落ち、草の上を転がっていった。コンスタンスのハープが押し倒され、音楽的な泣き声を上げる。それから椅子が壁に打ちつけられる音。

「おい」チャールズがどこかで言っている。「二、三人でこの金庫を運ぶのを手伝ってくれ」

それから笑い声の中、だれかが言い始めた。「メリキャット、お茶でもいかがとコニー姉さん」リズムに乗った耳につく声だ。あたしは月の上にいる。お願い、月の上に行かせて。そのときお皿の割れる音がして、同時にはっと気がついた。あたしたちは食堂の高い窓の外にいて、あいつらはすぐそこまで来ている。

「コンスタンス。逃げなきゃ」

姉さんは首をふり、手で顔を隠した。

「すぐに見つかっちゃう。お願いよ、コンスタンス、いっしょに走って」

「できないわ」食堂の窓のすぐ内側から、わめき声が上がった。「メリキャット、おやすみなさいとコニー姉さん」あたしがコンスタンスを引きはがした直後に窓が砕けた。椅子を投げつけられたのだろう。父さんがすわり、チャールズがすわった食堂の椅子かもしれない。「急いで」こんな騒音の中では、もう声をひそめてもいられない。あたしはコンスタンスの手を引いて、階段をめざした。明るいところに出ると、姉さんはおじさんのショールを巻いて顔を隠した。

小さな女の子が何かを手に玄関から出てきた。その子の母親が後ろから服の背中をつかみ、手をぴしゃりとたたいた。「そんなもの口に入れるんじゃないよ」母親は怒鳴《どな》りつけ、女の子は握っていたスパイスクッキーを落とした。

「メリキャット、お茶でもいかがとコニー姉さん」

「メリキャット、おやすみなさいとコニー姉さん」

「とんでもない、毒入りでしょうとメリキャット」

階段を降りて、安全な森の中に入らなくては。距離はないけれど、車のヘッドライトが芝生を照らしている。明るいところを走る途中で、コンスタンスが足を滑らせて転んでしまわないかしら。それでも森に入らなくちゃいけないし、ほかに行き方はない。二人とも先へ進む勇気がなくて、階段の近くでぐずぐずしていた。だけど窓が割れ、中ではあいつらがお皿やコップや銀器、コンスタンスが料理に使うおなべまで放り投げている。台所の隅にあるあたしのスツールはもう壊されただろうか。あたしたちがいよいよ走り出そうとしたとき、車が一台私道を走ってきた。続いてもう一台。屋敷の正面で急停車すると、芝生を照らす光が強くなった。「いったいぜんたい何事だ」ジム・クラークが最初の車から飛び出してきた。ヘレン・クラークが反対側で口をあけ、目を見張っている。ジム・クラークは怒鳴ったり押したりしながら、あたしたちには目もくれず、玄関を抜けて屋敷に入った。「この家でいったい何が起こっとるんだ」ジム・クラークはくり返し、外にいるヘレン・クラークはあたしたちに気がつかず、ひたすら屋敷を見つめていた。「けしからん」

ジム・クラークが中で叫ぶ。「いかれた酔っ払いめ」レヴィ先生が二台目の車を降り、屋敷に駆け寄ってきた。「ここにいる連中はみんな、気がふれてしまったのか」ジム・クラークが中で言い、かん高い笑い声が上がる。「お茶でもいかが」中でだれかががなり、みんなが笑う。「レンガを一個ずつはずしちまえ」中から声がする。

レヴィ先生が階段を駆けあがってきて、顔も見ずにあたしたちを押しのけた。「ジュリアン・ブラックウッドはどこです」戸口にいた女にたずねる。女は答えた。「深さ十フィートのお墓の中さ」

いまだ。あたしはコンスタンスの手をぎゅっと握って、慎重に階段を降り始めた。コンスタンスが転ぶといけないから、まだ走るわけにはいかない。姉さんをつれてゆっくりと階段を降りる。いまのところ、あたしたちが見える位置にはヘレン・クラークしかいないし、そのヘレンは屋敷に目を凝らしている。後ろでジム・クラークが叫んでいた。あいつらを屋敷から追い出そうとしている。いちばん下の段に足がつくより早く、背後からざわめきが聞こえてきた。

「いたよ」叫んだのはステラだったと思う。「いたよ、いたよ、いたよ」あたしは駆け出したが、コンスタンスがつまずき、次の瞬間、あいつらが周囲をとり巻いて、押し合ったり、笑ったり、もっと近くで見ようとしたりしていた。コンスタンスはジュリアンおじさんのショールを顔に当て、見られないようにした。つかのまあたしたちはみじろぎもせず、周囲をとり巻く村人たちの思いに押されて、ぎゅっと身を寄せ合っていた。

「家の中につれもどして、また火をつけちまえよ」

「何もかもちゃんと修理してやったぜ、お望みどおりにな」

「メリキャット、お茶でもいかがとコニー姉さん」

そのおぞましい一瞬、こいつらが手をつないで、歌いながら周りで踊り出すのではないかと思った。遠くでヘレン・クラークが車の横にへばりつき、泣きながら何かしゃべっている。うるさくて聞こえなかったけど、こう言っているのがわかった。「家に帰りたいわ、お願い、家に帰して」

「メリキャット、おやすみなさいとコニー姉さん」

あいつらは手を触れようとはしなかった。あたしが向きを変えると、決まって少し後ろへ下がった。一度二つの肩の隙間から、家のポーチをうろつく屑屋のハーラーが見えた。いろいろなものを拾いあげ、かたわらに積みあげている。あたしはコンスタンスの手をきつく握って、少しだけ動いた。あいつらが下がったので、ぱっと駆け出して森をめざした。だけどジム・ドネルの女房とミセス・ミュラーが笑いながら腕を広げ、通せんぼしたので足を止めた。それから身をひるがえし、コンスタンスを軽く引いて走った。でもステラとハリス家の男の子たちが笑いながら立ちはだかった。男の子たちが叫ぶ。「深さ十フィートのお墓の中で」あたしたちは立ち止まった。あたしは屋敷のほうを向き、また姉さんをひっぱって駆け出したが、食料品店のエルバートと欲張りなおかみさんが、ダンスの最中みたいに手をつないでじゃまをしたので足を止めた。それから横へそれたが、ジム・ドネルに行く手をはばまれ、ふたたび立ち止まった。

「とんでもない、毒入りでしょうとメリキャット」ジム・ドネルが慇懃《いんぎん》に言い、あいつらはまたしてもあたしたちをとり巻き、輪になって、近寄らないように気をつけていた。

「メリキャット、おやすみなさいとコニー姉さん」いちばんうるさいのは笑い声で、歌も叫びもハリス家の男の子たちのうなり声もかき消してしまいそうだった。

「メリキャット、お茶でもいかがとコニー姉さん」

コンスタンスは片手であたしにしがみつき、もう一方の手でおじさんのショールを顔に当てていた。人の輪に切れ目があったので、もう一度森をめざして走り出した。でもハリス家の男の子たちがそろってじゃまをした。一人はすわりこんで笑っている。あたしたちは立ち止まった。ふたたび後ろを向き、屋敷に向かって駆け出したが、ステラが目の前に出てきたので立ち止まった。コンスタンスの足はもつれがちだった。こいつらの前でそろって地面に倒れ、踊り狂う足に踏みにじられるのだろうか。あたしはじっとしていた。コンスタンスをこいつらの前で倒れさせるわけにはいかない。

「いいかげんにしろ」ジム・クラークがポーチから言った。大声ではなかったが、みんなの耳に届いた。「もうたくさんだ」礼儀正しい沈黙が少し続いたあと、だれかが言った。

「深さ十フィートのお墓の中で」笑い声が上がる。

「いいか」ジム・クラークは声を張りあげた。「よく聞け。ジュリアン・ブラックウッドが亡くなったぞ」

こんどこそあいつらも静かになった。ほんの少したって、人垣の中からチャールズ・ブラックウッドの声がした。「その女に殺されたのか?」みんな小刻みにゆっくりと後ずさっていった。しまいにあたしたちの周りには大きな空間ができ、コンスタンスはみんなの目にさらされて、おじさんのショールを顔に押し当てていた。「その女に殺されたのか?」チャールズ・ブラックウッドがもう一度きいた。

「ちがいます」先生が戸口に立っていた。「ジュリアンが亡くなったのは、わたしの診立《みた》てどおりです。もうずっと、死を待つばかりだったんですよ」

「さあ、おとなしく消えうせろ」とジム・クラーク。村人たちの肩をつかみ、背中を軽く押して、車や私道のほうへ向かわせ始める。「とっとと消えうせろ。不幸のあった家だぞ」たくさんの人が芝生を横切り、立ち去っていく割におそろしく静かだったので、ヘレン・クラークの声が耳に届いた。「かわいそうなジュリアン」

あたしは暗いほうに向かって、注意深く足を踏み出し、コンスタンスを軽く引いてついてこさせた。「心臓です」ポーチで先生の声がする。あたしはもう一歩踏み出した。だれもこちらを見ようとはしない。車のドアがそっと閉められ、エンジンがかかる。あたしは一度だけふり返った。階段の上で小さな人の群れが先生をとり巻いている。ほとんどのライトは向きを変え、私道を遠ざかっていった。木々の影が身体《からだ》に落ちるのを感じて、あたしは足を速めた。最後の一歩を踏み出すと、森の中にいた。暗闇の中、コンスタンスの手を引いて木々の下を急いだ。足が芝生を離れ、森を抜ける小径の苔むしたやわらかい土を踏んだので、木々が周囲に迫っているとわかった。あたしは立ち止まってコンスタンスを抱き寄せた。「終わったわ」姉さんをきつく抱きしめる。「だいじょうぶ。もうだいじょうぶよ」

暗くても明るくても道はわかっていた。一度こんな考えが浮かんだ。隠れ家を手入れし、さっぱりさせておいてよかった。あれならコンスタンスも快適だろう。お話の中の子供たちみたいに、姉さんを葉っぱで覆い、安全に暖かくすごさせてあげよう。歌やお話を聞かせてあげてもいいかもしれない。きれいな色の果物やベリー、葉っぱのカップにくんだ水を持っていってあげよう。いつかあたしたちは月へ行くだろう。隠れ家の入り口を見つけたので、コンスタンスを中に入れて新しい葉っぱの山と毛布のある隅へつれていった。優しく押してすわらせ、おじさんのショールを取ってくるんであげる。隅っこから小さくゴロゴロいう声が聞こえ、ジョナスが待っていたとわかった。

入り口は小枝でふさいだ。明かりを持った人がやってきても、あたしたちを見つけることはできない。真っ暗ではなかった。コンスタンスの影が浮かんでいたし、頭をそらすと、遠くで星が二、三個またたき、木の葉や枝の隙間からあたしの顔に光を落としていた。母さんのドレスデン人形が一体割れてしまった。そのことを考えながら、姉さんに声をかけた。「あいつらの食べ物に毒を入れて、死ぬところを見ていてやるわ」

コンスタンスはみじろぎした。葉っぱがカサカサと鳴る。「前にもそうしたように？」

二人のあいだで、その話題が出たことはなかった。六年間に一度も。

「そうよ」ちょっとたってからあたしは言った。「前にもそうしたように」

第九章

夜中に救急車が来て、ジュリアンおじさんをつれていった。おじさんのショールがないことに気づいただろうか。そのショールはいま、寝ているコンスタンスの身体《からだ》に巻きつけてある。救急車のヘッドライトが私道に入ってくるのが見えた。てっぺんにも小さな赤いライトがついている。遠くでジュリアンおじさんがつれていかれる音がした。死んだ人の前なので、静かに話す声が聞こえ、ドアがあき、閉ざされる音もした。二、三度あたしたちに呼びかける声も聞こえてきた。おじさんをつれていっていいかときたかったのだろう。だけどその声は控えめだったし、だれも森にはやってこなかった。あたしは小川のほとりにすわって、もっとおじさんに優しくすればよかったと考えていた。おじさんはあたしが死んだと思っていたけど、いまでは自分のほうが死んでしまった。最愛の娘メアリ・キャサリンに頭を下げるんだ、さもないと死んでしまうぞ。

暗闇の中、水はねむたげに流れていた。いま屋敷はどんなふうになっているのだろう。何もかも火事に焼きつくされ、明日もどってみたら、これまでの六年間も燃えてしまっていて、家族が待っているのかもしれない。コンスタンスの運ぶディナーはまだかと、そろって食卓を囲んでいるかもしれない。もしかすると、あたしたちはロチェスター屋敷に住んでいるかもしれない。あるいは村の中や、川のハウスボートや、丘のてっぺんの塔の中に。火事が説き伏せられて向きを変え、屋敷を離れて、代わりに村を焼きつくしたかもしれない。いまごろ村人たちはみんな死んでしまっているだろう。村はほんとうは大きなゲーム盤で、升目《ますめ》がきちんと記され、あたしは〝火事・ふりだしにもどる〟と書かれた升目を素通りしたばかりかもしれない。残りはもう二、三目しかなく、あと一回で家に帰れるのだ。

ジョナスの毛皮は煙のにおいがする。今日はヘレン・クラークがお茶に来る日だけど、お茶会を開くことはできないだろう。掃除の日ではないにしろ、家をきれいにしなくちゃいけないのだから。小川に持ってくるサンドイッチをコンスタンスに作ってもらえばよかった。ヘレン・クラークは家がきちんとしていなくても、お茶に来ようとするだろうか。これからはお茶を手わたしてもいけないことにしよう。

朝日が差し始めると、コンスタンスが葉っぱの上でみじろぎするのが聞こえた。姉さんが目覚めたときそばにいてあげようと、あたしは隠れ家に入った。姉さんは目をあけると、最初に真上の木々を見つめ、それからあたしを見てにっこりした。

「とうとう月にやってきたわ」あたしが言うと、姉さんはほほえんだ。

「ぜんぶ夢かと思っていたわ」

「ほんとうにあったのよ」

「かわいそうなジュリアンおじさん」

「夜中にやってきた人たちが、おじさんをつれていったわ。あたしたちはこの月の上にいたの」

「ここにいられてうれしいわ。つれてきてくれて、ありがとう」

姉さんの髪には葉っぱが、顔には汚れがついていた。あたしのあとから隠れ家に入ってきたジョナスは、目を丸くして姉さんを見た。汚い顔のコンスタンスなど、これまで一度も見たことがないのだ。姉さんはちょっとの間、笑顔をひっこめて黙りこみ、ジョナスを見つめ返して、自分の顔が汚いことに気がついた。「メリキャット、これからどうしましょう」

「まずは家をきれいにしなくちゃ。お掃除の日じゃないけど」

「家」姉さんは言った。「ああ、メリキャット」

「ゆうべはディナーを食べ損ねたわ」

「まあ、メリキャット」姉さんは起きあがり、ジュリアンおじさんのショールと葉っぱの中からすばやく抜け出した。「メリキャット、かわいそうに。急ぎましょう」と、勢いよく立ちあがる。

「最初に顔を洗ったほうがいいわ」

姉さんが小川でハンカチを濡らし、顔をこすっているあいだに、あたしはおじさんのショールをゆすってほこりを落とし、折りたたんだ。けさは何もかもひどく奇妙であべこべになっている。あたしがおじさんのショールにさわるなんて、いままでなかったことだ。この先ルールが変化することはとっくにわかっていたけれど、そのショールをたたんでいるとおかしな気分になった。あとで隠れ家にもどってきたら、掃除をして、新しい葉を運び入れよう。

「メリキャット、飢え死にしてしまうわよ」

「用心しなくちゃ」あたしは姉さんの手を取って落ち着かせた。「うんと静かに、気をつけて行かなくちゃ。だれかまだ見張ってるかもしれないわ」

あたしが先に立って忍び足で小径《こみち》を進み、コンスタンスとジョナスはあとからついてきた。コンスタンスはあたしほど静かに歩けないけど、ほとんど音を立てなかったし、ジョナスはもちろんまったく音を立てなかった。あたしが選んだのは、森を抜けて屋敷の裏、野菜畑の近くに出る道だった。森のはずれまで来ると、立ち止まってコンスタンスを押しとどめ、だれも残っていないかと目を光らせた。最初のうちは、いつもどおりの畑と勝手口しか目に入らなかった。そのときコンスタンスが息を呑み、うめくような声を上げた。

「ああ、メリキャット」あたしはじっと立ちつくした。なぜって家のてっぺんが消えうせていたからだ。

きのう愛情をこめて屋敷をながめたことを思い出した。これまでずっと、屋敷は背が高く、てっぺんは木の枝に隠れるほどだった。いま屋敷は勝手口の上でとぎれ、黒くゆがんだ材木が悪夢のような姿をさらしている。窓枠の一部に割れたガラスが残っていた。あたしの窓だ。あたしの部屋で、あの窓から外を見たっけ。

だれもいなかったし、音も聞こえなかった。あたしたちはつれだって、ひどくゆっくりと家のほうへ歩いていった。屋敷の醜《みにく》さ、みじめさ、情けなさを受け入れようと努めながら。野菜畑に灰が流れてきていた。レタスは洗ってから食べなくては。トマトも。火はこちら側には来なかったが、何もかも――コンスタンスの庭の草も、リンゴの木も、大理石のベンチも――煙臭く、薄汚れていた。家に近づくにつれてはっきりしてきたのだが、火は一階まで回らず、寝室と屋根裏部屋を焼くだけであきらめなくてはいけなかった。コンスタンスは勝手口でためらったけど、扉は以前に千回もコンスタンスにあけられたのだから、その手の感触を覚えているにちがいない。姉さんは掛け金に手をかけ、持ちあげた。姉さんが扉をあけたとき、屋敷がふるえたように見えた。吹きこむ風が増えたところで、これ以上冷えたりはしないと思うけど。扉をあけるには、強く押さねばならなかったが、焼け焦げた材木がどさりと落ちてきたり、家全体が崩れ落ちたりはしなかった。あたしはなんとなく、崩れ落ちるかもしれないと思っていたのだ。見たところ頑丈だが、実は灰だけでできている屋敷は、少しでも手を触れたらばらばらになってしまいそうだから。

「わたしの台所」コンスタンスが言った。「台所が」

姉さんは戸口に立って見ていた。あたしたちはどうしたわけか、夜中に正しい帰り道を見つけられなかったのかもしれない。どうしたわけか道に迷って、まちがった時間の裂け目だか、まちがった扉だか、まちがったおとぎ話だかを通ってきてしまったのかもしれない。コンスタンスは戸枠に手をついて身体を支え、もう一度言った。「わたしの台所が、メリキャット」

「あたしのスツール、まだあるわ」

扉があけにくかったのは、台所のテーブルが横倒しになっていたせいだった。あたしはテーブルをまっすぐに立て、姉さんと中に入った。椅子が二脚壊され、割れた皿やコップ、潰れた食品の箱、棚からはぎとられた紙が、床の上にめちゃめちゃにちらばっていた。ジャムやシロップやケチャップの瓶は壁にたたきつけられている。コンスタンスがお皿を洗う流しは、コップの破片でいっぱいだ。まるでコップが次から次へと、順序よく流しで割られていったかのように。銀器や調理器具の引き出しは抜き出され、テーブルや壁にぶつけられて壊されていた。ブラックウッド家の妻たちが代々屋敷で使ってきた銀器は、ねじ曲げられ、床にばらまかれている。ブラックウッド家の女たちが縁《ふち》をかがり、何度も洗ってアイロンをかけ、だいじに繕《つくろ》ってきたテーブルクロスやナプキンは、食堂のサイドボードから引き出され、台所じゅうに広げられている。屋敷じゅうの財産や秘宝が見つけられ、引き裂かれ、汚されたようだった。食器棚のいちばん上にあったお皿は砕《くだ》かれ、薔薇《ばら》模様の小さなシュガーボウルは、把手《とって》の取れた姿で足元に転がっている。コンスタンスはしゃがんで銀のスプーンを手に取った。「おばあさんのお嫁入り道具だわ」とテーブルの上に置く。それから「保存食」と口に出して、地下室に通じる扉に向かった。扉は閉まっていた。もしかするとあいつらの目にとまらなかったのかもしれない。あいつらには降りていく時間がなかったのかもしれない。コンスタンスは注意深く床を横切り、地下室の扉をあけると、下をのぞきこんだ。美しくしまわれていた瓶という瓶が、地下室で打ち壊され、べとべとの山になっているありさまが目に浮かんだ。だけどコンスタンスは一、二段降りていくとこう言った。「いいえ、だいじょうぶ。ここのものは無事だわ」扉を閉め、流しまで行って手を洗い、床に落ちていたふきんでぬぐう。「まずはあなたの朝ごはん」

だんだん強くなる日差しの中、戸口にすわりこんだジョナスは、台所に驚きの目を向けていた。一度目を上げてあたしの顔を見た。コンスタンスとあたしがこんなにめちゃめちゃにしたと思っているのだろうか。あたしは割れていないカップを見つけて拾いあげ、テーブルに載せた。それから無事だったものをもっと探し出そうと考えた。そういえば、母さんのドレスデン人形が割れずに草の上を転がっていたけれど、うまくあいつらの目を逃《のが》れて無事でいるだろうか。あとで捜しにいってみよう。

何一つきちんとしてはいなかった。何一つ計画が立てられなかった。いつもとはまるでちがっていた。コンスタンスは一度地下室に降りていき、腕いっぱいに何か抱えてもどってきた。「野菜スープ」歌い出しそうな声だ。「イチゴジャム、チキンスープ、塩漬けのビーフ」瓶を台所のテーブルに載せ、床を見ながらゆっくりとふり返る。「あったわ」しまいにそう言うと、隅へ行って小さな片手なべを拾った。それからいきなり思いついてそのなべを下ろし、食品庫《パントリー》へ入っていった。「メリキャット」笑いながら言う。「樽の中の小麦粉は見つからずにすんだわ。お塩も。ジャガイモも」

　でもさとうは見つかってしまった、とあたしは考えた。床はざらざらし、足の下で生きているみたいだ。無理もない。あいつらがさとうを探し出して楽しんだのは無理もない。握ったさとうをお互いにぶつけ合ったかもしれない。「ブラックウッドのさとうだ、ブラックウッドのさとうだぞ、味見するか？」とわめきながら。

「食品庫の棚は荒らされてしまったわ」コンスタンスが続ける。「シリアル、スパイス、缶詰」

　あたしは床を見ながらゆっくりと台所を回った。あいつらはたぶん、腕いっぱいにものを抱えてまきちらしたんだろう。缶詰は空中に投げ出されたようにひしゃげて散乱しているし、シリアルやお茶やクラッカーの箱は踏みにじられて口をあけている。スパイスの缶は封をしたまま、まとめて片隅に放り出してある。コンスタンスのクッキーのぴりっとした香りがまだかすかに残っていると思ったとき、数枚が床でつぶれているのが目に入った。コンスタンスは食品庫からパンを持ってきた。「ほら、見つからなかったのよ。冷蔵庫には卵もミルクもバターもあるわ」地下室の扉がやつらの目を逃れたということは、すぐ内側の冷蔵庫も見つからなかったということだ。卵が見つかって、ぐちゃぐちゃの床に加えられなくてよかった。

壊れていない椅子が三脚見つかったので、テーブルの周りのもとの場所にもどした。ジョナスは隅っこであたしのスツールにすわり、あたしたちをながめていた。あたしは把手のないカップからチキンスープを飲み、コンスタンスはナイフを洗ってパンにバターを塗った。そのときは気づいていなかったが、それまでなじんできた時の流れも、日々の規則も、とっくに終わりを告げていたのだ。いつ三脚の椅子を見つけ、いつバターつきパンを食べたのか、あたしには思い出せない。椅子を見つけてからパンを食べたのか、見つける前に食べたのか、いっそ両方同時にやったのか。コンスタンスは一度、いきなりふり返ってナイフを下ろした。ジュリアンおじさんの部屋の閉じたドアのほうへ行きかけ、軽くほほえみながら引き返してきた。「おじさんが目を覚ます音が聞こえたと思ったの」と言って、また腰をおろした。

あたしたちはまだ、台所の先へは出ていなかった。屋敷がどのくらい残っているのか、食堂や廊下に通じる閉ざされたドアのむこうに何が待っているのかわからなかった。二人でひっそりと台所にすわって、椅子とチキンスープと戸口から差しこむ日の光に感謝していたけれど、先へ進む覚悟はできていなかった。

「ジュリアンおじさんはどうなるのかしら」

「お葬式をしてもらうのよ」コンスタンスは悲しそうだった。「みんなのお葬式を覚えてる？」

「孤児院にいたもの」

「わたしはお葬式に行かせてもらったの。だから覚えているわ。ジュリアンおじさんはお葬式をしてもらうの。クラークさんたちは出席するでしょうね。キャリントンさんたちも。小さなミセス・ライトも、きっとね。みんなお気の毒にと言い合うの。わたしたちがいるかどうか、捜そうとするでしょうね」

いまこのときにも捜されているような気がして、あたしはふるえあがった。

「おじさんは家族といっしょに埋葬されるわ」

「おじさんのために、何か埋めてあげたいな」

コンスタンスは黙りこみ、テーブルの上の動かない長い指に目を落とした。「ジュリアンおじさんは逝《い》ってしまった。ほかのみんなも。家族はほとんどいなくなってしまったわ、メリキャット。わたしたち二人きりね」

「ジョナスがいるわ」

「ジョナスもね。いままでよりしっかりと閉じこもっていましょう」

「でも今日はヘレン・クラークがお茶に来る日よ」

「いいえ。もう二度とここへは呼ばないわ」

台所でひっそりと身を寄せ合っている限り、屋敷の残りの部分を調べるのは後回しにできた。図書館の本は無傷で棚に載っている。だれも図書館の本に手を出したくなかったのだろう。なにしろ図書館のものを壊したら罰金を取られてしまう。

いつも踊るように動いていたコンスタンスも、いまは動きたくないようだった。台所のテーブルに向かって目の前で両手を広げ、破壊の跡を見回そうともせず、夢見るような顔をしている。そもそもけさ目が覚めたことさえ、信じられないかのようだ。「家をきれいにしなくちゃ」あたしがそわそわと話しかけると、姉さんはほほえみを浮かべた。

これ以上待てないと思ったので、あたしは「見てくる」と言って立ちあがり、食堂に通じるドアまで行った。姉さんはみじろぎもせずにあたしを見守っていた。食堂のドアをあけると、湿気と焦げた材木と破壊のぞっとするにおいが鼻をついた。高い窓のガラスが床一面にちらばり、銀の茶器はサイドボードから払い落とされて踏みにじられ、見る影もないグロテスクな姿をさらしている。ここの椅子も壊されていた。そういえばあいつらは椅子を持ちあげて、窓や壁に投げつけていたっけ。あたしは食堂を抜けて、玄関ホールに出た。玄関のドアは大きくあけ放たれ、早朝の日差しが床に模様を描き、割れたガラスや裂けた布を照らしていた。少したって、その布がなんだかわかった。母さんが昔十四フィートの長さに仕立てさせた客間のカーテンだ。だれもおもてにはいなかった。開いた戸口に立つと、芝生の上に車のタイヤの跡や、踊っていた足跡がついているのが見えた。ホースが通った場所には泥と水たまりが残っている。正面のポーチはちらかっていた。屑屋《くずや》のハーラーがゆうべ、壊れかけた家具を一まとめにして、きちんと積みあげていたのを思い出す。今日トラックでもどってきて、できるだけ回収していくつもりだろうか。それとも山を作っていたのは、壊れ物の大きな山が大好きで、屑物を見つけしだい、その場で積み重ねずにはいられないせいだろうか。戸口でしばらくじっとして、だれも見ていないことを確かめると、階段を駆けおりて芝生を横切り、母さんのドレスデン人形を見つけた。茂みの根元に隠れていたから、壊されてはいなかった。コンスタンスのところに持っていこう。

姉さんはまだ台所のテーブルにひっそりとすわっていた。あたしが人形を目の前に置くと、しばらくながめてから手に取り、頰に押し当てた。「みんなわたしがいけないの」姉さんは言った。「とにかくみんなわたしがいけないのよ」

「大好きよ、コンスタンス」

「大好きよ、メリキャット」

「あのちっちゃなケーキ、ジョナスとあたしに作ってくれる？　ピンクのおさとうがかかってて、縁に金の葉っぱがついてるの」

姉さんはかぶりをふった。ちょっとの間、返事をしてくれないかと思ったが、すぐに深いため息をついて立ちあがった。「まずは台所を掃除するわね」

「それどうするの」あたしは指先でドレスデン人形をつついた。

「もとの場所にもどすわ」姉さんが廊下に通じるドアをあけ、客間の戸口へ歩いていったので、あたしもあとからついていった。廊下は室内ほどひどいありさまではなかった。壊すものがたいしてなかったからだ。それでも台所から運ばれてきた小物が落ちていたので、あたしたちは投げ出されたスプーンやお皿を踏み越えていった。客間に入《はい》ったとたん、あたしはぎょっとした。めちゃめちゃにされた客間の真ん中で、母さんの肖像画が上品にこちらを見下ろしていたからだ。壁のてっぺんの凝った白い装飾は煙とすすで黒ずみ、二度ときれいになりそうもない。台所や食堂に輪をかけて、客間を見るのは不愉快だった。なぜって、あたしたちはずっとこの部屋をきれいにしてきたし、母さんがこの部屋を愛していたからだ。コンスタンスのハープを押し倒したのはどいつだろう。ハープが倒れるとき、泣き声を上げたことを思い出す。椅子の薔薇模様の錦織り《ブロケード》は引き裂かれ、汚されていた。濡れた足で椅子を蹴り、ソファを踏みつけたせいで、汚いしみが残っている。この部屋の窓も割られ、カーテンがはがされていたので、あたしたちの姿は外から丸見えだった。

「よろい戸を閉められると思うわ」コンスタンスが戸口でためらい、部屋に入ってこようとしないので、あたしはそう言った。割れた窓を通ってポーチに降りながら、ここから外へ出た人なんて一人もいないわ、と考える。よろい戸のフックは簡単にはずせた。よろい戸は窓と同じ高さだ。もともとは夏の終わりに、一家が街の屋敷に帰るとき、はしごを使って閉めることになっていた。だけどもう何年も閉めていないからフックが錆《さ》びついていて、重い戸をゆするだけで壁から引き抜くことができた。あたしはよろい戸をばたんと閉めたが、押さえておくためのかんぬきは、低いほうにしか手が届かなかった。頭上の高いところにあと二つかんぬきがある。いつかの夜、はしごを持って出てきてもいいけれど、さしあたり低いほうのかんぬきで押さえておくしかない。高い客間の窓の両方によろい戸を立てると、あたしはポーチを通り、正面玄関を抜けて正式に中に入り、いまやコンスタンスが薄闇の中に立っている、日の差しこまない客間にもどった。コンスタンスは暖炉まで行き、ドレスデン人形を母さんの肖像画の下の決まった位置に置いた。ほんの一瞬、大きな暗い部屋はあるべき姿にまとまって、次の瞬間、永遠に崩れ去ってしまった。

床に壊れたものがちらばっていたから、そっと歩かなくてはいけなかった。父さんの金庫は客間のドアのすぐ内側にあった。あたしは笑い声を上げ、コンスタンスさえほほえんだ。金庫はあいておらず、どう見てもここから先へは運べなかったようだからだ。「ばかみたい」コンスタンスは爪先で金庫に触れた。

客間を褒められると、母さんはいつもうれしそうだった。だけど客間はもう、窓からのぞかれることもなければ、人の目に触れることもないだろう。コンスタンスとあたしは客間のドアを閉め、その後二度と開かなかった。あたしは姉さんを玄関のすぐ内側で待たせておいて、もう一度ポーチへ出ていき、食堂の高い窓にもよろい戸を立てた。それから中へ入って、姉さんといっしょに玄関を閉め、鍵をかけた。これでもう安心だ。扉の両側にはまった幅の狭いガラスを通して、二筋の日光が細く差しこむだけなので、玄関ホールは薄暗かった。ガラスごしに外は見られるけれど、中は暗いから、目を近づけたってのぞくことはできない。頭上の階段は黒ずみ、登った先の黒く焼け焦げた部屋部屋には、信じがたいことに、小さな空が見える穴が点々とちらばっている。いままでずっと、屋根が空からあたしたちを守ってくれていた。とはいえ、上空から襲われることなどあるとは思えない。頭上の木々の中から翼ある生き物が静かに飛び立ち、焼け崩れた垂木に止まって屋内を見下ろす――そんなことは考えないようにした。何か――壊れた椅子とか――を置いて階段をふさぐといいかもしれない。水びたしの汚いマットレスが階段の真ん中あたりに転がっていた。消防士たちはそこでホースを構えて火を押しもどし、消し止めようとがんばっていたのだ。あたしは階段の下から見上げ、屋敷は――壁と床とベッドと屋根裏部屋の遺品の箱は――どこへ行ってしまったのだろうと考えた。父さんの時計は燃えてしまった。母さんの鼈甲《べっこう》の化粧セットも。頬にそよ風が当たった。目に入る空から吹いてきたのだ。だけどその風は煙と荒廃のにおいがした。あたしたちの家はお城だ。小さな塔を頂き、空に向かって開かれている。

「台所へもどりましょう」コンスタンスが言った。「こんなところにはいられないわ」

貝殻《かいがら》を集める子供たちみたいに、あるいは枯葉の中の小銭をあさる二人の老女のように、あたしたちは足で台所の床をかき分け、壊れたものをひっくり返して、まだ無傷で使えそうなものを探した。台所を縦、横、斜めに通過してしまうと、使えるものがテーブルの上で小さな山になっていた。あたしたち二人にはじゅうぶんすぎるほどだ。把手のついたカップが二客、把手のないものが数客、お皿が五、六枚、鉢が三個。缶詰は一つ残らず無事に助け出すことができた。スパイスの缶はきちんと棚にもどした。銀器はほとんど見つけ出し、大部分はなるべくまっすぐに伸ばして、正しい引き出しに納めた。ブラックウッド家の花嫁は、めいめいが銀器や陶器やリネン類を持参したので、バターナイフやお玉やケーキサーバーはいつだって何十本もあった。母さんのいちばん上等の銀器は、食堂のサイドボードのくもり防止箱にしまってあったが、それも見つかって床にまきちらされていた。

把手のあるカップの一つは緑色で内側が卵色だった。コンスタンスはそれをあなたのにすればいいわと言った。「使われてるのを見たことはないわね。おばあさんか、大おばさんがお嫁入り道具として一式持ってきたんじゃないかしら。おそろいのお皿もあったのよ」コンスタンスが選んだカップは白で、オレンジ色の花が描いてあり、おそろいのお皿も一枚残っていた。「このお皿を使ってたのは覚えているわ。わたしがとても小さかったころ、ふだん使いにしていたの。そのころとっておきのお皿は白で、金の縁取りがあったのよ。そのあと母さんがもっといいセットを買って、白と金のがふだん使いになり、この花柄のは食品庫の棚にしまわれたの。ほかの半端なセットといっしょにね。ここ数年は母さんのふだん用のばかり使ってきたわ。ヘレン・クラークがお茶に来る日は別だけど。わたしたち、貴婦人みたいに食事がとれるわね」コンスタンスは言った。「把手のあるカップでね」

二人に入り用《いよう》で、使えるものをぜんぶ拾い出してしまうと、コンスタンスは重たいほうきを持ってきて、がらくたを残らず食堂に掃《は》き入れ、「これで見なくてすむわね」と言った。それから廊下もきれいに掃き、食堂を通らずに台所から玄関まで行けるようにした。そのあと二人で食堂に通じるドアを残らず閉め切り、二度と開かなかった。あたしは暗い客間の母さんの肖像画の下で堂々と立っている、小さなドレスデン人形のことを考えた。もう二度とあの人形のほこりをぬぐうことはないのだ。客間のカーテンだったボロ布をコンスタンスが掃き出してしまう前に、以前あけ閉めに使っていた紐を切りとってくれとたのんだ。姉さんは金色の房がついた端の部分を切ってくれた。ジュリアンおじさんに埋めてあげるものはこれでいいだろうか。

掃除が終わり、コンスタンスが台所の床を磨いてしまうと、屋敷はさっぱりとして、生まれ変わったように見えた。玄関から勝手口まではすっかり片付けられ、掃き清められている。たくさんのものをなくした台所はがらんとして見えるけれど、コンスタンスは二人分のカップとお皿と鉢を棚に載せ、ジョナスにミルクをやるおなべも見つけてくれた。あたしたちは安全そのものだった。玄関には鍵がかかり、勝手口にも鍵とかんぬきがかかっている。あたしたちが台所のテーブルで二客のカップからミルクを飲み、ジョナスがおなべから飲んでいると、玄関をたたく音が聞こえてきた。コンスタンスは地下室に逃げこみ、あたしは一瞬踏みとどまって、勝手口にかんぬきがかかっていることを確かめ、それから姉さんを追いかけた。暗い地下室の階段に腰かけ、聞き耳を立てる。遠く離れた玄関で、ノックの音はしつこく続き、それから声が聞こえてきた。「コンスタンス？　メアリ・キャサリン？」

「ヘレン・クラークね」コンスタンスがささやく。

「お茶に来たんだと思う？」

「いいえ。二度とごめんだわ」

あたしたちの予想どおり、ヘレン・クラークは名前を呼びながら屋敷を回りこんできた。勝手口をノックされたとき、あたしたちは息を殺し、身体をこわばらせた。勝手口の上半分はガラスになっていて、中をのぞくことができるからだ。だけど地下室の階段にいれば安全だし、ヘレン・クラークには扉をあけることができない。

「コンスタンス？　メアリ・キャサリン？　そこにいるの？」ヘレン・クラークはドアの把手をガチャガチャいわせた。ドアをあけ、鍵がかかる前に不意をついてしのびこもうとしている人のように。「ジム。中にいるわ。コンロで何か煮えているもの。ドアをあけなくちゃ」声が高くなった。「コンスタンス、出てきて話をしてちょうだい。顔を見たいの、よ。ジム、二人とも中にいるわ。声も聞こえてるはずよ」

「そりゃ、聞こえてるだろう」ジム・クラークの声がした。「村にいたっておまえの声は聞こえるだろうさ」

「ゆうべの村の人たちのことを、誤解してると思うの。コンスタンスはとり乱していたはずよ。だれも悪気はなかったんだって教えてあげなくちゃ。コンスタンス、お願い、聞いてちょうだい。どうしたらいいか決めるまで、メアリ・キャサリンといっしょにうちへ来てほしいの。何も心配いらないわ、ほんとよ。ぜんぶ忘れましょう」

「あの人家を押し倒しちゃうかな」あたしがささやきかけると、コンスタンスは無言で首をふった。

「ジム、ドアを破れるかしら？」

「無理だな。そっとしておこう、ヘレン。その気になれば出てくるさ」

「でもコンスタンスはこういうことをすごく気に病むたちなのよ。いまごろおびえ切ってるわ」

「そっとしておこう」

「ほっとくわけにはいかないわ。それだけはだめよ。ここから出てきて、いっしょにうちへ来てもらいたいの。そうすれば世話してあげられるから」

「来たくないようだぞ」

「コンスタンス？　コンスタンス？　いるのはわかってるのよ。出てきてドアをあけて」

勝手口のガラスに布かダンボールを張ったほうがいいだろう。ヘレン・クラークがしょっちゅうのぞきこんで、コンロにかかっているおなべをながめるなんて、ぜったいがまんできない。台所の窓にはカーテンをピンでとめればいい。窓をぜんぶ覆ってしまえば、ヘレン・クラークが来てノックしても、静かにテーブルについていられるし、地下室の階段に隠れることもない。

「行こう」ジム・クラークが言った。「出てくる気はなさそうだ」

「だってあの子たちをつれて帰りたいのよ」

「できるだけのことはした。またもどってくればいいさ。あの子たちが会う気になったころ」

「コンスタンス？　コンスタンス、お願い、返事して」

コンスタンスはため息をつき、もどかしそうに、ほとんど音も立てず、階段の手すりを指先でたたいた。「さっさと行ってくれないかしら」あたしの耳にささやきかける。「スープが煮立ってしまうわ」

ヘレン・クラークはくり返し叫びながら、屋敷を回って車へもどっていった。「コンスタンス？　コンスタンス？」あたしたちが森のどこか、たとえば木の上やレタスの葉の下にいるとでも思っているんだろうか？　やぶの陰に潜んだあたしたちが、飛びかかってくるとでも？　遠くで車を出す音がすると、あたしたちは地下室から出た。コンスタンスはスープの火を止め、あたしは廊下を抜けて玄関まで行き、二人が行ってしまったこと、ドアにちゃんと鍵がかかっていることを確かめた。車は私道を出ていったが、ヘレン・クラークの声がまだ聞こえるような気がした。「コンスタンス？　コンスタンス？」

「きっとお茶がほしかったのよ」台所にもどると、あたしはコンスタンスに言った。

「把手のあるカップは二客しかないもの。ここであの人にお茶を出すことは二度とないわ」

「ジュリアンおじさんがいなくてよかったわね。一人が割れたカップを使わなくちゃいけないところだったわ。おじさんの部屋をきれいにする？」

「メリキャット」コンスタンスはコンロからふり返ってあたしを見た。「これからどうしましょう」

「家はきれいにしたし、食事もしたわ。ヘレン・クラークからは隠れたし。これ以上何をするっていうの？」

「どこで寝るの？　時間はどうやって知るの？　着るものはどうするの？」

「時間なんて、知らなくていいじゃない」

「食べ物はずっともつわけじゃないわ。保存食だって」

「小川のほとりの、あたしの隠れ家で寝ればいいわ」

「だめよ。隠れるだけならいいけれど、寝るときにはちゃんとしたベッドを使わなくちゃ」

「階段にマットレスがあったわ。あたしのベッドのじゃないかしら。引きおろして、きれいにして、お日さまに当てて乾かしましょう。隅っこが焦げてたけど」

「そうね」あたしたちは階段に行って、ぎこちなくマットレスをつかんだ。うんざりするほど湿っていて汚かった。力を合わせて廊下を引きずっていくと、木切れやガラスのかけらがくっついてきた。コンスタンスのきれいな台所の床を通って、勝手口まで運んでいく。ドアの鍵をあける前に、あたしは注意深く外をながめた。ドアをあけてからも、まずはあたしが外へ出てぐるりと見回したが、何も危険はなかった。マットレスを芝生の上に引き出し、母さんの大理石のベンチの近くで日に当てた。

「ジュリアンおじさんはよく、ここにすわっていたわね」あたしは言った。

「おじさんがいれば、日なたぼっこにはうってつけの日だったでしょうね」

「死んじゃったとき、暖かかったならいいけど。ちょっとのあいだ、お日さまを思い出したかもしれないわね」

「おじさんのショール、わたしが持っていたんだったわ。捜さなかったならいいけれど。メリキャット、わたしここに何か植えようと思うの。おじさんがよくすわっていた場所に」

「あたしはおじさんのために何か埋めてあげる。姉さんは何を植えるの?」

「お花を」コンスタンスは身をかがめて、そっと草に触れた。「何か黄色い花を」

「芝生の真ん中にあったらおかしいわ」

「どうして花がそこにあるか、わたしたちは知ってるもの。ほかの人の目に触れるわけじゃないし」

「あたしは何か黄色いものを埋めてあげる。ジュリアンおじさんがいつも暖かいように」

「だけどまずはポットにお水をくんできて、このマットレスがきれいになるまでこすってちょうだい、なまけ屋さんのメリキャット。わたしはまた台所の床を掃除するわ」

あたしたちはうんと幸せになるだろう。することは山ほどあるし、まったく新しい日課を決めなくちゃいけない。それでもあたしたちはうんと幸せになるだろう。コンスタンスは顔色が悪く、台所が受けたしうちのせいでいまも悲しんでいるけれど、棚という棚はこすってしまったし、テーブルは何度となく拭いたし、窓と床も磨きあげてしまった。お皿は堂々と棚に載っているし、二人で助け出した缶詰や破れていない箱入りの食品は、食品庫にずらりと並んでいる。

「ジョナスを訓練して、シチュー用のウサギをとってこさせるわ」あたしが言うと、姉さんは笑い、ジョナスはすました顔で姉さんを見た。

「そのネコはクリームとラムケーキとバターで炒めた卵ばかり食べてるから、バッタ一匹つかまえられないと思うわ」

「バッタのシチューはいやだな」

「とにかく、いまはタマネギのパイを作るわ」

コンスタンスが台所を掃除しているあいだに、あたしは重たいダンボール箱を見つけてていねいに解体した。大きなダンボール紙が数枚できたので、勝手口のガラスを覆うことにした。金槌《かなづち》と釘は道具小屋にあった。チャールズ・ブラックウッドが壊れた段を直そうとしたあと、そこにしまっておいたのだ。あたしはダンボールを勝手口に釘でとめ、ガラスを隙間なく覆って、だれものぞきこめないようにした。さらに二枚の窓にダンボールをとめると、台所は暗くなったが安全だった。「台所の窓は汚くしておいたほうが安全よ」と言ってみたが、コンスタンスはぎょっとしてこう答えた。「窓の汚い家には住みたくないわ」

作業が終わると、台所はとてもきれいになったが、光がほとんど差しこまないので、きらきら光るというわけにはいかなかった。コンスタンスががっかりしているのがわかった。姉さんは日光と、きらめきと、明るくきれいな台所で料理するのが大好きなのだ。「ドアをあけておけばいいわ」あたしは言った。「いつも注意して見張ってればいいもの。車が家の前で止まったら、音が聞こえるわ。そのうち家の横に障壁を作る方法を考えるわね。そうすればだれも裏まで回ってこられないから」

「ヘレン・クラークはまた来ると思うわ」

「どうせ中はのぞけないわよ」

午後の日は傾きかけていた。ドアをあけておいても、日光は床の上に少ししか差しこまなかった。ジョナスはコンロの前のコンスタンスのところへ行き、夕ごはんをねだった。台所は暖かくて居心地がよく、なじみ深くて清潔だった。ここに暖炉があったらいいのに。そしたら火のそばですわることができる。いいえ、いけない。もう火はたくさんだ。

「玄関に鍵がかかってるか、確かめてくるわね」

玄関には鍵がかかっていたし、だれもおもてにはいなかった。台所にもどるとコンスタンスが言った。「明日はおじさんの部屋をきれいにするわね。残った部屋は少ないから、ぜんぶぴかぴかにしておかなくちゃ」

「姉さんはそこで寝るの？ ジュリアンおじさんのベッドで？」

「いいえ、メリキャット。あなたがそこで寝るのよ。ベッドは一つしかないから」

「あたしはおじさんの部屋に入っちゃいけないもの」

姉さんはしばらく口をつぐみ、ふしぎそうにあたしを見ていた。それからこうたずねた。

「おじさんはもういないのに？ メリキャット」

「それに、マットレスを見つけてきれいにしたわ。あたしのベッドにあったものだし。いつもいる隅っこの床の上にマットレスを置きたいの」

「おばかさんね、メリキャット。とにかく今夜は二人とも床で寝なくちゃ。マットレスは明日まで乾かないし、おじさんのベッドはきれいじゃないから」

「隠れ家から枝を持ってくるわ、葉っぱも」

「わたしのきれいな台所の床に？」

「なら毛布を持ってくるけど。おじさんのショールも」

「出かけるの？　これから？　あんなに遠くまで？」

「だれも外にはいないわ。ほとんど真っ暗だし、出歩いてもだいじょうぶよ。だれか来たらドアを閉めて鍵をかけてね。ドアが閉まってるのが見えたら、安全に家に帰れるまで小川のほとりで待っているから。ジョナスをつれていって、守ってもらうし」

小川までずっと駆けていったけど、ジョナスのほうが足が速く、隠れ家であたしを待っていた。走るのはすてきだったし、家にもどると勝手口があいたままで、中に温かい明かりがついていたのもすてきだった。ジョナスといっしょに中に入ると、あたしはドアを閉めてかんぬきをかけた。これで夜が来ても安心だ。

「おいしいディナーよ」コンスタンスは料理したせいで、ほてった幸せそうな顔をしている。「すわってね、メリキャット」ドアを閉めたので、姉さんは天井の明かりをつけなくてはいけなかった。テーブルの上には二人分のお皿がきちんと並んでいる。「明日は銀器を磨いてみるわね。それと、畑の野菜を収穫しなくちゃ」

「レタスは灰まみれよ」

「それからあした」コンスタンスは窓を覆っている、黒くて四角いダンボールを見つめた。

「何かカーテンみたいなもので、ダンボールを隠しましょう」

「あしたは家の横に障壁を作るわね。あしたジョナスはウサギをとってくれるわ。あしたはあたしが何時だか当ててあげる」

　遠く離れた屋敷の前で車が止まる音がしたので、あたしたちは口をつぐみ、顔を見合わせた。さあこれで、あたしたちがどれだけ安全かはっきりするだろう。あたしは立ちあがり、勝手口にかんぬきがかかっていることを確かめた。ダンボールのせいで外は見えないし、外からも中がのぞけないはずだ。玄関でノックが始まったけど、玄関の鍵を確かめにいく余裕はなかった。ノックは少ししか続かなかった。あたしたちが家の正面にはいないはずとわかっているかのようだ。それから暗闇の中、つまずきながら進んでくる音が聞こえた。家の横を回って裏まで来ようとしているのだ。ジム・クラークの声がする。それから聞き覚えのあるレヴィ先生の声。

「何も見えんな」ジム・クラークが言った。「真っ暗だ」

「窓の一つから明かりが漏れていますよ」

　どの窓だろう。どの窓からまだ明かりが漏れているのだろう。

「やっぱり中にいるんだな」とジム・クラーク。「ほかに行くあてもなかろう」

「とにかく、けがや病気をしていないか知りたいんです。助けのいる状態で閉じこもっているとは考えたくない」

「家につれてこいと言われてるんだ」

二人は勝手口までやってきた。扉のすぐ外で声が聞こえる。コンスタンスはテーブルごしに手を伸ばしてあたしに触れた。二人が中をのぞきこめるようなら、姉さんと地下室へ逃げこめばいい。「そこらじゅうに板が打ちつけてあるぞ」ジム・クラークが言った。そうか、そうすればいいんだ。思いついたのはたよりないダンボールだけ。道具小屋にほんものの板があるはずなのに、あたしはそのことに気がつかなかった。

「ミス・ブラックウッド」先生が呼びかけ、一人がドアをノックした。「ミス・ブラックウッド？　医者のレヴィです」

「それからジム・クラーク。ヘレンの亭主だ。ヘレンはきみたちのことをひどく心配しているぞ」

「けがはありませんか？　具合はどうです？　助けはいりませんか？」

「ヘレンがうちに来てもらいたいそうだ。うちできみたちを待ってる」

「いいですか」先生が言った。顔をガラスに触れるほど近づけているのだろう。とても優しい声で、静かに話している。「いいですか、だれもお二人を傷つけたりしません。わたしたちは友人です。わざわざ力を貸しにきたんです。お二人の無事を確かめたいだけで、じゃまするつもりはありません。いや、二度とじゃましないと約束しますから、元気でだいじょうぶだと一言いってください。一言でいい」

「みんなに心配かけたままではすまされないぞ」とジム・クラーク。

「一言でいいんです。無事だと言ってくれるだけで」

二人は待っていた。中をのぞきこもうと、顔をガラスに近づける気配がした。コンスタンスはテーブルのむこうからあたしを見つめて、少しだけほほえんだ。あたしもほほえみ返す。あたしたちの目隠しはよくできている。中をのぞかれることはない。

「いいですか」先生の声は少し高くなった。「ジュリアンのお葬式はあしたです。お知りになりたいと思って」

「もうたくさんの花が届いているよ。あの花を見たら、きみたちもさぞかしうれしいだろう。うちからも花を送った。ライト家からも、キャリントン家からも。ジュリアンに送られた花を見れば、きみたちの友人に対する考え方も少しは変わるんじゃないかな」

だれがおじさんに花を送ったかわかったからといって、どうして考え方が変わるというのだろう。花に埋もれ、花に囲まれたジュリアンおじさんはきっと、毎日見ていたおじさんとは似ても似つかないだろう。もしかすると、山のような花のおかげで、死んでしまったジュリアンおじさんも暖かいかもしれない。死んでいるおじさんの姿を思い浮かべようとしたが、寝ている姿しか浮かんでこなかった。クラーク夫妻やキャリントン夫妻やライト夫妻が、死んで力を失ったかわいそうなジュリアンおじさんの上に、腕いっぱいの花をまきちらすようすも目に浮かんだ。

「友人を遠ざけたってどうしようもないぞ。ヘレンからの伝言だ――」

「いいですか」二人がドアに身体を押し付けるのがわかった。「だれもあなたがたを困らせたりしません。一言いってください、無事なんですか」

「そう何度もやってこないぞ。友人にできることにも限度があるからな」

ジョナスがあくびした。コンスタンスは無言のまま、ゆっくりと注意深く身体を回し、テーブルに向き直った。それからバターを塗ったビスケットを手に取り、小さく静かにかじった。あたしは笑い出しそうになり、口に手を当てた。静かにビスケットを食べているコンスタンスは、食べるふりをする人形のようでおかしかった。

「くそ！」ジム・クラークが言った。ドアをたたく。「くそ！」

「これ以上言いませんよ」先生が言う。「中にいるのはわかってるんです。お願いだから――」

「もう行こう。叫んでも無駄だ」

「いいですか」先生はドアに口をつけているようだ。「そのうちきっと助けがいるようになります。病気になったり、けがをしたり。助けがいるようになるんです。そのときにはぐずぐずしないで――」

「ほうっておけ。行こう」

二人の足音は屋敷の横を回っていった。だますつもりではないだろうか。立ち去るふりをしてそっと引き返し、音もなくドアの外に立って待ちぶせしているのでは？　コンスタンスが中で静かにビスケットを食べ、ジム・クラークが外で静かに聞き耳を立てるようすを思い浮かべ、背筋が少し寒くなった。世界じゅうから音が消えてしまったのかもしれない。そのとき屋敷の前で車が走り出し、遠ざかっていった。コンスタンスはカチャンと音を立ててお皿にフォークをもどし、あたしはまた息ができるようになった。「おじさんはどこにつれていかれたのかしら」

「同じ場所よ」コンスタンスがぼんやりと答える。「街の中のね。メリキャット」ふいに顔を上げる。

「なあに、コンスタンス？」

「あやまりたいの。わたし、ゆうべは意地悪だったわね」

あたしはぞっとして身体をこわばらせた。姉さんを見つめ、思い出していた。

「とても意地悪だったわ。どうしてみんな死んでしまったか、あなたに思い出させるなんて」

「じゃあもう思い出させないで」手を伸ばして、姉さんの手を取ることができない。

「忘れてほしかったの。話すつもりはなかったのよ。後悔してるわ」

「あたしがおさとうに入れたの」

「知ってるわ。すぐわかった」

「姉さんはおさとうをぜったい使わなかった」

「そうよ」

「だからおさとうに入れたの」

コンスタンスはため息をついた。「メリキャット、この話は二度としないことにしましょう。二度とね」

身体が冷え切っていたけれど、姉さんが優しく笑いかけてくれたので、心配いらなかった。

「大好きよ、コンスタンス」

「わたしもよ、メリキャット」

ジョナスは床にすわり、床で眠る。だからあたしにもそれほど難しくないはずだ。コンスタンスは毛布の下に葉っぱややわらかい苔を敷いたほうがいいけれど、また台所の床を汚すわけにはいかない。あたしは毛布をスツールの近くの部屋の隅に敷いた。いちばんよく知っている場所だったからだ。ジョナスはスツールに飛びのってそこにすわり、あたしを見下ろしていた。コンスタンスはコンロのそばの床に横たわった。暗かったけれど、姉さんの顔が台所の反対側にほの白く浮かんでいた。「寝心地はいい?」あたしがきくと、姉さんは笑い声を上げた。

「この台所で長い時間を過ごしたけど、床に寝てみたことはないわね。よく手入れしてきたから、わたしを歓迎してくれるはずよ」

「あしたはレタスを収穫しましょう」

第十章

日々の規則はゆっくりと育っていき、ひとりでに幸せな生活を形作っていった。朝目が覚めると、あたしはすぐに廊下を抜けて、玄関の鍵を確かめにいく。朝のうんと早い時間、あたしたちはいちばんよく動き回る。周囲にだれもいないからだ。はじめは予想もしなかったが、門があけられ、小径《こみち》をみんなが利用し出すと、子供たちが入ってくるようになった。ある朝、扉の前に立って細長いガラスから外をながめると、前庭の芝生で子供たちが遊んでいた。親たちに送り出されて小径を探険し、通れるかどうか確かめていたのかもしれない。あるいは子供というのは、どんな場所でも遊び場にしたがるものなのかもしれない。うちの前で遊んでいる子供たちは少し不安そうで、うるさい声も上げていなかった。もしかすると、子供というのは遊ぶものだから、遊ぶふりをしているだけかもしれない。子供の姿は見えすいた変装で、実はあたしたちを捜すために送りこまれたのかもしれない。よく目を凝らすとあまり子供らしくは見えなかった。動き方がみっともないし、一度も屋敷のほうへ目を向けない。いつになったらこそこそとポーチに上がって、小さな顔をよろい戸に押し付け、隙間からのぞきこもうとするのだろう。コンスタンスが背後にやってきて、あたしの肩ごしにのぞきこんだ。「知らない子たちよ」あたしは言った。「顔がないの」

「目があるわ」

「鳥だと思えばいいわ。こっちを見ることはできないの。みんなまだ知らないし、信じたくもなさそうだけど、あたしたちを二度と見ることはないのよ」

「一度やってきたからには、またやってくるでしょうね」

「よその人たちが次々にやってきたって、中をのぞくことはできないわ。ねえ、朝ごはんはまだ？」

朝の台所はいつも暗いけれど、あたしが勝手口のかんぬきをはずして扉をあけると、日光が入ってくる。それからジョナスは外階段にすわって毛づくろいし、コンスタンスは歌いながら朝食を作る。朝食のあと、あたしはジョナスといっしょに階段に腰かけ、コンスタンスは台所を掃除する。

屋敷の横に障壁を築くのは、思ったよりも簡単だった。ある夜姉さんに懐中電灯を持ってもらって、なんとかやってのけた。屋敷の両側に木立や茂みの迫る箇所があって、家の裏側を隠し、周囲をめぐる一本道の幅を狭《せば》めている。あたしはハーラーが正面のポーチに築いた山の中から、ガラクタを一つずつ運び出し、板切れや家具を道のいちばん狭い箇所に積みあげていった。もちろんこのくらいでは、だれも閉め出すことなどできない。あの子供たちだって、やすやすと乗り越えてしまうだろう。だけどもしだれかが通り抜けようとしたら、大きな音を立ててたくさんの板が落ちるはずだ。そのあいだに勝手口を閉め、かんぬきをかけてしまえばいい。あたしは道具小屋の周りで板を見つけ、勝手口のガラスの上からいい加減に打ちつけたが、家の横に障壁として立てる気にはならなかった。人に見られたら、あたしの不器用さがわかってしまうからだ。まずは腕試しに、壊れた外階段を直してみるといいかもしれない。

「何を笑っているの?」コンスタンスがきいた。

「あたしたち、月の上にいるけれど、考えてたのとはちがっているわね」

「だけどここにいると、とても幸せだわ」コンスタンスはテーブルに朝食を運んでいた。スクランブルエッグ、温めたビスケット、姉さんが金色の夏の日に作ったブラックベリーのジャム。「できるだけ食料を運び入れておかなくちゃ。畑が収穫の日を待ちわびてるなんて、考えたくないもの。それに家の中に食料をたくさんしまっておけば、ずっと安心できるはずよ」

「翼のあるウマに乗っていって、シナモンとタイムとエメラルドとクローブと金の布とキャベツを採ってきてあげる」

「ルバーブもね」

畑に出るときは、勝手口のドアをあけっぱなしにできた。だれかが障壁に近づいてくればはっきりと見えたし、必要なら家に逃げこむこともできたからだ。あたしはかごを提げていき、姉さんといっしょにまだ灰まみれのレタス、ラディッシュ、トマト、キュウリを持ち帰った。そのあとでベリー類とメロンを。いつもなら大気や地面の水分がついている野菜や果物にかぶりつくところだが、焼けた家の灰で汚れたままのものは食べたくなかった。汚れやすすの大半は風に飛ばされてしまい、畑の周りの空気は新鮮できれいだったけど、煙は地面にしみこんでいて、いつまでも消えないような気がした。

安全で落ち着いた暮らしが始まると、コンスタンスはすぐにおじさんの部屋をあけてきれいにした。ベッドからシーツと毛布を運び出し、流しで洗って日なたで乾かしておく。

「おじさんの原稿はどうするの?」あたしがきくと、コンスタンスは流しの縁《ふち》に手をかけて、しばらく黙っていた。

「ぜんぶ箱に入れておこうと思うの」しまいにそう答えた。「箱は地下室に置こうと思うの」

「そしてとっておくの?」

「とっておくの。おじさんは原稿をたいせつに扱ってほしいはずよ。原稿が捨てられるかもしれないなんて、思ってほしくないわ」

「玄関に鍵がかかってるか、見てきたほうがいいわね」

子供たちはしじゅう前庭の芝生に来て、静かにゲームをし、屋敷には目を向けず、ぎこちなくぱっと駆け出したり、わけもなくたたき合ったりしていた。あたしは玄関の鍵を確かめるたびに、子供たちはいるかと外をながめてみた。いまでは家の小径を人がしょっちゅう行き来している。ある場所から別の場所へ行くために利用し、昔はあたしの足だけが通った地面を踏みしめてゆく。だけど通りたくて通っているわけでもなさそうだった。自分にもできることを示すために、一人一回は通る決まりにでもなっているかのようだ。くり返しやってくるのはほんの数人。敵意のある、ふてぶてしいやつらだけ。

コンスタンスがおじさんの部屋を掃除しているあいだ、あたしは長い午後をぼんやりと夢見てすごした。寝ているジョナスのとなりで敷居にすわり、静かで安全な畑をながめていた。

「見て、メリキャット」コンスタンスが腕いっぱいに服を抱えてやってきた。「おじさんはスーツを二組持っていたの。それからオーバーと帽子」

「昔は二本の足で歩いてたって、おじさんそう言ってたじゃない」

「はっきりとは覚えてないんだけど、何年も前、おじさんがスーツを買いに出かけたことがあるの。そのとき買ったのがこのうちの一組だと思うわ。どちらもあまりくたびれてないわね」

「みんなの最後の日に、おじさんは何を着ていたの？　ディナーではどのネクタイをつけていたの？　おじさんはきっと、覚えていてほしいんじゃないかしら」

姉さんはちょっとの間、真顔であたしを見ていた。「このうちのどちらかではなかったと思うわ。あとで病院に迎えにいったときは、パジャマとローブを着ていたしね」

「いまそのスーツを着せてあげられたらいいのに」

「たぶんジム・クラークの古いスーツを着て埋葬されたんでしょうね」コンスタンスは地下室に行きかけて立ち止まった。「メリキャット」

「なあに、コンスタンス」

「わかってる？　うちに残ってる衣類は、おじさんのこの服だけなのよ。わたしの服も、あなたの服も焼けてしまったから」

「屋根裏にあったみんなの服もね」

「わたしにはこのピンクの服しかないわ」

あたしは見下ろした。「あたしのは茶色」

「あなたの服は洗って繕《つくろ》わなくちゃ。どうやったらそんなに破いてしまえるの、メリキャット」

「葉っぱでスーツを織るわ。いますぐ。ドングリをボタンにして」

「メリキャット、ふざけないで。わたしたち、おじさんの服を着なくちゃ」

「あたしはおじさんのものにさわっちゃいけないもの。苔を裏地にするわ、冬の寒い日に備えて。それから鳥の羽根の帽子」

「月の上ならそれもいいでしょうね、おばかさん。月の上なら、あなたがジョナスみたいな毛皮のスーツを着ていたって、わたしはちっともかまわないわ。だけどこの家では、おじさんの古いシャツを着るのよ。なんならズボンもね」

「でなきゃ、おじさんのバスローブとパジャマを着ろって言うんでしょう。いやよ。あたしはおじさんのものにさわっちゃいけないもの。葉っぱを着るわ」

「さわっていいのよ。わたしがいいって言うんだから」

「いや」

姉さんはため息をついた。「そう。でもわたしは着るわよ」そこで言葉を切って笑い声を上げ、わたしを見てもう一度笑った。

「どうしたの?」あたしはきいた。

姉さんはおじさんの服を椅子の背にかけると、まだ笑いながら食品庫《パントリー》に入っていき、引き出しをあけた。何を探しているのかわかって、あたしも笑い出した。そのとき姉さんがもどってきて、腕いっぱいのテーブルクロスをあたしのそばに下ろした。

「これならよくお似合いよ、おしゃれなメリキャット。ほら、これなんかどう? 黄色い花模様の縁どりがあるの。このきれいな赤と白のチェックは? ダマスク織りは残念ながらごわごわしていて着心地が悪そうだわ。おまけに繕ってあるし」

あたしは立ちあがって、赤白チェックのテーブルクロスを身体《からだ》に当ててみた。「頭を出す穴をあけてちょうだい」胸がわくわくする。

「お裁縫道具がないのよ。紐で腰の回りを縛っておくか、トーガみたいに垂らして着るしかないわね」

「ダマスク織りのをマントにするわ。ダマスク織りのマントなんて、だれも着ていないわよ」

「メリキャット、ああ、メリキャット」コンスタンスは抱えていたテーブルクロスを落として、あたしを抱き寄せた。「かわいいメリキャットになんてことをしてしまったのかしら。家もない。食べ物もない。服はテーブルクロス。わたしったら、なんてことを」

「コンスタンス、大好きよ、コンスタンス」

「ぬいぐるみみたいに、テーブルクロスの服を着るなんて」

「コンスタンス。あたしたちうんと幸せになれるわ、コンスタンス」

「ああ、メリキャット」姉さんはあたしを抱きしめたまま言った。

「聞いて、コンスタンス。あたしたちうんと幸せになれるわ」

　これ以上コンスタンスに考えさせたくなかったので、あたしはすぐに着替えをした。赤と白のチェックを選び、頭を出す穴をあけてもらうと、客間のカーテンから切りとってもらった房つきの金の紐を出してきて、ベルトがわりに腰に巻いた。すると見栄えがとてもよくなった。コンスタンスは最初のうちつらそうな顔をしていた。あたしの姿を見て悲しげに目をそむけ、茶色い服をきれいにしようと、流しでごしごしこすり洗いした。だけどあたしは自分のローブが気に入って、着たまま踊り回ったので、じきに姉さんも笑顔をとりもどし、あたしのしぐさに笑い声を上げた。

「ロビンソン・クルーソーは動物の毛皮を着ていたのよ」あたしは教えてあげた。「金のベルトのついたあざやかな色の布なんて、持ってなかったわ」

「あなたがこれまでになく生き生きして見えるのは確かね」

「姉さんはおじさんの皮を着ればいいわ。あたしはテーブルクロスのほうが好き」

「あなたが着てるのは、何年も前の夏に、芝生で朝ごはんを食べたときのものだわ。赤と白のチェックなんて、食堂では使わなかったはずだもの」

「いつかあたしは夏の芝生の上の朝ごはんになるの。いつかあたしはろうそくの火に照らされた正式なディナーになるの。いつかあたしは――」

「とっても汚いメリキャットになるのね。すてきなガウンを着ているくせに、顔が汚れているわ。ほとんど何もかもなくしたといっても、きれいな水と櫛《くし》くらいあるのよ、お嬢さん」

ジュリアンおじさんの部屋について、一つだけとてもいいことがあった。コンスタンスを説き伏せておじさんの車椅子を運び出させ、庭を押していかせて、障壁を補強してもらったのだ。コンスタンスがからっぽの車椅子を押しているのはふしぎなながめだった。あたしはちょっとの間、手をひざに置いて車椅子に乗るおじさんの姿をもう一度見ようとしたけれど、おじさんの名残《なごり》といったら、椅子の上のすりきれた箇所と、クッションの下にはさみこまれたハンカチだけだった。だけど車椅子は障壁で威力を発揮するだろう。死んでしまったジュリアンおじさんのむなしい敵意を宿して、どんなときも侵入者を見張っていてくれるだろう。おじさんがすっかり消えてしまうかもしれないと思うと、不安な気持ちになった。原稿は箱に納められ、車椅子は障壁に加わり、歯ブラシは捨てられ、おじさんのにおいさえ部屋から消えうせてしまった。だけど土がやわらかくなると、コンスタンスはおじさんがいた芝生の上に黄色い薔薇《ばら》を植えた。あたしはある夜小川まで行って、おじさんの頭文字の入《はい》った金色の鉛筆を水のほとりに埋めた。小川はこの先ずっとおじさんの名前をささやいていてくれるだろう。ジョナスはこれまでおじさんの部屋に入ったことがないというのに、いまでは出入りするようになった。だけどあたしは中に入らなかった。

ヘレン・クラークはあと二回、勝手口までやってきて、ノックし、呼びかけ、答えてちょうだいとたのんだ。だけどあたしたちは静かにすわっていた。障壁のせいで屋敷を回ってこられないとわかると、ヘレンは玄関先で二度とやってこないわと言い、二度とやってこなかった。ある晩(コンスタンスがおじさんの薔薇を植えた日の晩だったかもしれない)、テーブルでディナーを食べていると、玄関をとても優しくたたく音がした。ヘレン・クラークにしては優しすぎる音だ。あたしは席を立ち、音も立てずに廊下を駆け抜けて、玄関の鍵を確かめにいった。コンスタンスも興味を惹かれてあとからついてきた。二人でそっと扉に身を寄せ、耳をすました。

「ミス・ブラックウッド？」だれかがおもてで低い声を出した。あたしたちが間近にいることに気づいているのだろうか。「ミス・コンスタンス？　ミス・メアリ・キャサリン？」

おもては真っ暗ではなかったが、家の中ではお互いの姿がぼんやりとしか見えなかった。二つの白い顔が扉に押し付けられている。「ミス・コンスタンス？　聞いてくれ」

声の主は左右をうかがい、人目がないことを確かめているのだろう。「聞いてくれ。チキンを持ってきた」

扉をそっとたたく音がした。「聞こえてるといいんだが。チキンを持ってきた。女房がこしらえたんだ。うまそうに焼けてる。クッキーとパイもある。聞こえてるといいんだが」

コンスタンスの目は、驚きに見開かれていた。あたしは姉さんを見つめ、姉さんも見つめ返した。

「ほんとに、聞こえてるといいんだが、ミス・ブラックウッド。おれはこの家の椅子を壊しちまった。すまないと思ってる」男はもう一度、とても優しくドアをたたいた。「ともかく、このかごは階段の上に置いていくよ。聞こえてたならいいんだが。じゃあな」

静かな足音が遠ざかっていき、しばらくしてコンスタンスが言った。「どうする？　ドアをあけましょうか？」

「あとでね、真っ暗になったらあたしが出てみるわ」

「なんのパイかしら？　わたしのほどおいしいと思う？」

あたしたちはディナーを終え、玄関をあけても人目につかないと言い切れるまで待ってから、いっしょに廊下を歩いていった。あたしがドアの鍵をあけて外をのぞくと、ナプキンをかぶせたかごが外階段に置いてあった。あたしが中に運び入れ、ドアの鍵をかけているあいだに、コンスタンスがかごを受けとって、台所に運んでいった。「ブルーベリーのパイよ」あたしが入っていくと姉さんは言った。「とてもおいしいわ。まだ温かいし」

姉さんはナプキンにくるんだチキンと、クッキーの小さな包みをとり出した。一つ一つたいせつそうに、優しく手を触れている。「どれもまだ温かいわ。きっとディナーのあとすぐに焼いて、ご主人に急いで届けさせたのね。パイは二つ焼いたのかしら。一つは自分たちのために。何もかも温かいうちにくるんで、届けるように言ったんだわ。クッキーが少ししっとりしてる」

「かごを持っていってポーチに置いておくわ。あたしたちが見つけたことがわかるように」

「だめ、だめよ」コンスタンスはあたしの腕をつかんだ。「ナプキンを洗ってからね。でないと、おかみさんがわたしのこと、どう思うかしら」

村人たちはときおり、自家製ベーコンや果物、お手製の砂糖煮《プレザーブ》を持ってきてくれた。砂糖煮はどれも、コンスタンスの作ったものにはかなわなかった。ローストチキンはよく届けられたし、ケーキやパイもやってきた。クッキーが届くのはしょっちゅうだったし、ポテトサラダやコールスローが来ることもあった。一度ビーフシチューのなべが届いた。コンスタンスはシチューをばらばらにし、自分なりのルールに従ってまとめ直した。煮豆やマカロニのなべが来ることもあった。「教会の夕食会でも、こんなには集まらないわね」コンスタンスはいつか、あたしが運び入れたばかりの自家製パンを見てそう言った。

こうした料理はいつも正面の階段に置いてあった。決まって暗くなってから、音もなく届けられているのだった。男たちが仕事から帰ると、女たちが届けるためのかごを用意しているのだろう。暗闇の中をやってくるのは、人目をしのぶためかもしれない。だれもが他人の目をはばかり、表立って食べ物を届けるのは、なんとなく恥ずかしいと思っているかのようだった。コンスタンスによれば、料理する女たちは何人もいるそうだ。「この人のはね」一度豆を味見しながら説明してくれた。「ケチャップが入ってるの。それも多すぎるくらい。このあいだのはもっと糖蜜《モラセス》がきいてたわ」一、二度、かごの中にメモが入っていた。「お皿のおわびです」とか「カーテンのことは謝ります」とか「ハーブにひどいことをして、ごめんなさい」とか。あたしたちはかごを必ずもとの場所にもどしたし、あたりが真っ暗になり、だれも近くにいないと言い切れるまで玄関をあけなかった。あけたあとはいつも、鍵がかかっていることを念入りに確かめた。

あたしはもう、小川に行ってはいけないとわかった。小川にはジュリアンおじさんがいるし、コンスタンスから遠すぎる。あたしは森の手前から先へは行かなかった。コンスタンスは畑までしか行かなかった。あたしはもう何も埋めてはいけなかったし、石にさわってもいけなかった。毎日台所の窓に張った板を確かめ、小さな隙間が見つかると、さらに板を打ちつけた。あたしは毎朝いちばんに玄関の鍵がかかっていることを確かめ、コンスタンスは毎朝台所を掃除した。あたしたちは長い時間を玄関ですごした。とりわけ、大勢の人がやってくる昼すぎには。ドアの両脇に一人ずつすわって、細長いガラス板から外をながめるのだ。ガラス板はダンボールでほとんど覆ってしまい、小さなのぞき穴を一つずつ残してあるだけなので、外から見られる心配はなかった。あたしたちは遊んでいる子供たちや、通りすぎる人たちをながめ、その声に耳を傾けた。みんな大きく見開いた目と邪悪な開いた口を持つ、知らない人たちだった。ある日数人のグループが自転車でやってきた。女が二人、男が一人、子供が二人。自転車をうちの私道に止め、前庭の芝生に横になると、草をひっこ抜き、おしゃべりしながら休憩をとった。子供たちは私道を行ったり来たりし、木立や茂みを一周したり踏みこえたりした。この日あたしたちは、焼けてしまった屋根の上まで蔓《つる》が伸びていることを知った。一人の女が横目で屋敷を見て、火事の跡は蔓でだいたい隠れていると言ったからだ。その人たちはほとんど屋敷をまっすぐに見ず、目の端で見たり、肩ごしにふり向いたり、指の隙間からのぞいたりするだけだった。「きれいな古い屋敷だったそうよ」芝生にすわった女が言った。「ひところはこのあたりの名所だったんですって」

「いまじゃお墓みたいね」別の女が言う。

「シーッ」最初の女が手で屋敷のほうを示した。「うわさでは」大声で言う。「とてもすてきな階段があるんですって。イタリアで彫刻したそうよ」

「聞こえやしないわよ」もう一人の女がおもしろそうに言う。「それに聞こえたからどうだっていうの？」

「シーッ」

「中に人がいるのかどうか、だれもはっきりとは知らないのよ。土地の人たちはほら話をしてるんだわ」

「シーッてば。トミー」女は子供の一人に呼びかけた。「階段の近くに行ってはだめよ」

「どうして」子供が引き返しながらきく。

「この家には女の人たちが住んでいるのよ。その人たちは階段に近寄られたくないの」

「どうして」子供は階段を降り切ったところで立ち止まり、玄関をちらりとふり返った。

「その人たちは小さな男の子がきらいなの」二人目の女が言う。悪いやつらの一人だ。横からその女の口が見えた。ヘビの口だった。

「その人たち、ぼくをどうするの？」

「押さえつけて、毒入りのキャンディーを食べさせるの。悪い男の子が何十人もあの家に近づきすぎて、二度と帰ってこなかったそうよ。小さな男の子をつかまえると――」

「シーッ。いい加減にして、エセル」

「小さな女の子は好きなの？」もう一人の子が寄ってきた。

「小さな男の子も、小さな女の子もきらいなの。だけどね、小さな女の子は食べてしまうのよ」

「エセル、やめて。子供たちがこわがってるわ。ほんとじゃないのよ、ちびちゃんたち。からかってるだけなの」

「その人たちはね、夜しか外へ出てこないの」悪い女は、よこしまな目で子供たちを見た。「暗くなると、小さな子供たちをさらいにいくのよ」

「いずれにしろ」男がふいに口を開いた。「子供たちがあの家に近づきすぎるのはよくないな」

チャールズ・ブラックウッドは一度だけもどってきた。ある日の午後遅く、あたしたちが長いこと外を見ていたら、もう一人の男をつれて車でやってきたのだ。知らない人たちはみんないなくなっていた。コンスタンスがみじろぎし、「お芋を火にかけなくちゃ」と言ったとき、ちょうど車が私道に入ってきたので、姉さんはまた腰を落ち着けてながめることにした。チャールズとつれの男は屋敷の前で車から降り、まっすぐに階段の下までやってきた。上を向いているけれど、中にいるあたしたちを見ることはできない。そういえば、あいつがはじめてやってきたときも、ちょうど同じように屋敷を見上げていたっけ。だけど今回は、ぜったいに中へ入ってくることはない。あたしは手を伸ばして玄関の鍵に触れ、きちんとかかっていることを確かめた。戸口の反対側でコンスタンスがふり向いて、あたしにうなずきかけた。チャールズが二度と入ってこないことを、姉さんも知っているのだ。

「どうだい」チャールズがおもての階段の下で言っている。「言ったとおり、屋敷があっただろう。蔓がだいぶ伸びたから、前ほどひどいありさまじゃないな。だが屋根は焼けちまったし、中だってめちゃめちゃだ」

「ご婦人方は中にいるのか」

「いるとも」チャールズは笑った。あたしはチャールズの笑い声と、にらみつける大きな白い顔を思い出し、ドアの内側で死んじゃえばいいのにと思った。「いるともさ。うなるほどの金もある」

「たしかか」

「勘定もしないで貯めこんでる。そこらじゅうに埋めてあるし、金庫にもぎっしり詰まってる。ほかにもどこに隠してあるかわかったもんじゃない。二人ともぜったいに外へ出ないんだ。金といっしょに閉じこもってる」

「なあ、おまえの知り合いなんだろう」

「あたりまえさ。従兄《いとこ》だからな。一度訪ねてきたことがある」

「一人呼び出して、話ができないかな。窓ぎわかどこかで。そしたら写真が撮れるんだが」

チャールズは考えこんだ。屋敷をながめ、つれの男をながめて、また考えこんだ。「写真が雑誌にでも売れたら、金は山分けだぞ」

「いいとも、約束する」

「やってみる。車の後ろに隠れててくれ。知らないやつがいたら、ぜったいに出てこない」

もう一人の男は車にもどってカメラをとり出し、あたしたちから見えない車の陰に落ち着いた。「いいぞ」と声をかける。

「コニー?」と呼びかける。「コニー? チャールズだ。もどってきたよ」

あたしはコンスタンスを見た。姉さんはいままでになくはっきりと、チャールズのほんとうの姿を目にしている。

「コニー」

いまこそ姉さんも、チャールズが幽霊で悪霊で、知らないやつの一人だとわかったのだ。

「過ぎたことは水に流そう」チャールズはドアに近寄り、愛想よく、少し訴えるような調子でしゃべっていた。「また仲良くやろうよ」

あいつの足が見えた。片方はポーチの床をコツコツと踏み鳴らしている。「何を怒ってるんだい。もどってこいと言ってくれるのを、ずっとずっと待っていたんだよ。ぼくが何か悪いことをしたなら、ほんとうにすまないと思ってる」

チャールズが中を見られたらいいのに。頭上三フィートのところで、ドアに向かってせつせつと訴えているけれど、あたしたちはといえば、玄関の両脇で床にすわって、その声に耳を傾け、その足をじっと見つめている。この姿をあいつに見せてやりたい。

「ドアをあけてくれ」とても優しい声だ。「コニー、ドアをあけてくれないか、従兄のチャールズのために」

コンスタンスはあいつの顔があるあたりを見上げて、不愉快そうな微笑を浮かべた。あいつがもどってきたときのために、とっておいた微笑にちがいない。

「けさジュリアンおじさんの墓参りに行ってきたよ」とチャールズ。「墓参りをして、きみにもう一度会うためにもどってきたんだ」しばらく口をつぐみ、また話し出したときには声の調子がいくらか変わっていた。「花を置いてきた――そう――おじさんの墓にね。気のいい人だったし、いつもぼくによくしてくれた」

チャールズの足のむこうで、つれの男がカメラを手に、車の陰から現れた。「おい」と呼びかける。「しゃべるだけ無駄だ。一日つぶすわけにはいかないぞ」

「わからないのか」チャールズはドアからふり向いていたが、その声は少し変わったままだった。「もう一度彼女に会わなくちゃならないんだ。何もかもおれの責任なんだから」

「なんだと？」

「いい年した女が二人、こんな家の中に閉じこもってるのはどうしてだと思う？　まったく、こんなことになるとは思わなかったんだ」

そのときコンスタンスが声を出すか、少なくとも笑い声を上げそうだとあたしは思った。手を伸ばして姉さんの腕をつかみ、声を出さないでと警告したが、姉さんはこちらを見てはくれなかった。

「彼女と話さえできれば」チャールズが言う。「とにかくおまえは屋敷の写真が撮れるだろう。おれがここに立ってるところを。なんなら、ドアをノックしてるところでもいいぞ。狂ったようにドアをたたいてやろうか」

「おれに言わせりゃ、傷心のあまり息絶えて戸口に伸びてるところのほうがいいね」つれは言った。車まで行き、カメラをしまう。「時間の無駄だ」

「あの大金も無駄になっちまう。コニー」チャールズは大声を上げた。「たのむからドアをあけてくれ」

「いいか」つれが車の中から声をかけた。「おまえがそのドル銀貨の山をおがむことは二度とないだろうよ」

「コニー、なんてひどいことをするんだ。こんな目に遭わされるおぼえはないぞ。たのむよ、コニー」

「町まで歩いてもどるか?」つれが言って、車のドアを閉めた。

チャールズはドアからふり返り、またドアに向き直った。「わかったよ、コニー、ならしょうがない。いまぼくを行かせたら、二度と会うことはないんだぞ。ぼくは本気だ、コニー」

「行くぞ」つれが車から呼びかける。

「本気だぞ、コニー、もどってきやしないぞ」チャールズは肩ごしにしゃべりながら、階段を降り始めた。「見納《みおさ》めだぞ。ぼくは行っちまう。一声かけてくれれば、ここに残るのに」

困ったことになる前に、さっさと立ち去ってくれるとは思えなかった。ほんとうのところ、あいつが階段を降りて、無事車の中に入るまで、コンスタンスがまんできるかどうかわからなかったのだ。「さよなら、コニー」あいつは階段を降り切ったところで言い、それから背中を向けて、ゆっくりと車に向かった。ちょっとの間、目をこすったり鼻をかんだりしているように見えたが、もう一人の男が「急げ」と声をかけたので、いま一度ふり返り、悲しげに手を上げて、車に乗りこんだ。そのときコンスタンスが笑い出し、あたしも笑い出した。まるで笑い声が聞こえたかのように、車の中のチャールズがすばやくふり向くのがちらりと見えた。でも車は走り出し、私道を遠ざかっていった。あたしたちは暗い玄関ホールで抱き合って大笑いした。涙が頬を伝い、笑い声のこだまが崩れた階段を抜けて空へ昇っていった。

「わたしとても幸せよ」コンスタンスはとうとう、息を切らしながら言った。「メリキャット、わたしとても幸せよ」

「月の上が気に入るって言ったでしょう」

ある日曜日、礼拝のあとで、キャリントン夫妻がうちの前に車を止め、屋敷を見ながら静かに車の中にすわっていた。夫妻にできることがあれば、あたしたちが出てくるだろうと思っているかのように。あたしはときおり、永遠に閉ざされてしまった客間と食堂のことを考える。壊れてしまった母さんの美しいものがちらばり、ほこりが優しく降り積もってその品々を覆い隠す。日々の新しい規則ができあがったように、屋敷の中には新しい目印ができていた。美しい階段の名残である、ゆがんで折れた材木の破片は、毎日通りすぎているうちに、かつての階段と同じくらい愛着のあるものになった。台所の窓に張った板はあたしたちのもので、屋敷の一部であり、あたしたちに愛されていた。あたしたちはとても幸せだった。二客のカップのうち一客が割れてしまい、一人が把手《とって》のないカップを使うはめになるのではと、コンスタンスはしょっちゅうおびえていたけれど。あたしたちが知り抜いているなじみ深い場所はいくつかあった。テーブルに向かった二人の椅子、二人のベッド、玄関の両脇の定位置。コンスタンスが赤と白のテーブルクロスと、自分が着るおじさんのシャツを洗濯し、庭に干しているあいだ、あたしは黄色い縁取りのあるテーブルクロスを身につけた。金のベルトを締めるととても美しく見えた。母さんの古い茶色の靴は、台所のあたしの隅にちゃんとしまってある。暖かい夏の日、あたしはジョナスのようにはだしで外へ出るからだ。たくさん花を摘むのがきらいなコンスタンスも、台所のテーブルには薔薇や雛菊《ひなぎく》を活《い》けた鉢を欠かさず載せておく。もちろんジュリアンおじさんの薔薇はぜったいに摘んだりしないけれど。

あたしはときおり、六個の青いおはじきのことを考える。だけどいまでは細長い草地に行ってはいけないし、もしかするとおはじきが埋められたのは、もうこの世にない屋敷を守るためで、いまあたしたちが住み、とても幸せに暮らしている家とはなんの関係もないのかもしれない。新しい魔法のお守りは、玄関の鍵と、窓に張った板、屋敷の横の障壁。夕方になると、暗闇の中、芝生の上に動きが見え、ささやきが聞こえることがある。

「だめよ、あの人たちが見てるかもしれないわ」

「暗闇の中でも、ものが見えるって言うのかい」

「起こってることは、なんでも見えるそうよ」

それから笑い声が上がり、暖かい暗闇の中へ流れてゆく。

「そのうちここは、〈恋人の通り〉って呼ばれるわね」コンスタンスは言った。

「もちろん、チャールズにちなんでね」

「チャールズもせめて」コンスタンスは真顔で考えながら言った。「私道で自分の頭を撃ち抜くくらいすればよかったのに」

耳を傾けていてわかったのだが、知らない人たちが外から見たとしても、目に映るのは蔓のはびこる巨大な廃墟にすぎず、とても屋敷とは思えないのだそうだ。ここは村と幹線道路の中間にあり、小径のちょうど真ん中にある。蔓をすかしてのぞいているあたしたちの目はだれにも見えない。

「その階段に行っちゃだめだよ」子供たちは注意し合う。「そっちへ行くと、女の人たちにつかまっちゃうんだ」

あるとき一人の男の子が、ほかの子たちにけしかけられて、階段の下で屋敷に向かい合った。身ぶるいし、泣きそうになり、逃げ出しかけたが、次の瞬間、ふるえる声を張りあげた。「メリキャット、お茶でもいかがとコニー姉さん」それから逃げていき、ほかの子たちもいっせいにあとを追った。その夜戸口に生みたての卵とメモの入ったかごが置いてあった。「息子に悪気はなかったのです、許してください」

「かわいそうな子」コンスタンスは卵を冷蔵庫に入れようと、鉢に移しながら言った。

「いまごろベッドの下に隠れてるわよ」

「しつけのために、たっぷり鞭《むち》で打たれたかも」

「朝ごはんはオムレツね」

「機会があれば、ほんとうに子供を食べられるかしら」

「料理できるかどうか、わからないわ」

「かわいそうな、知らない人たち」あたしは言った。「いろんなことをこわがらなくちゃいけないのね」

「そうね、わたしがこわいのはクモだわ」

「ジョナスとあたしとで、姉さんにクモが近寄らないように気をつけていてあげる。ねえ、コンスタンス」あたしは言った。「あたしたち、とっても幸せね」

解説

桜庭一樹

つい先日、MYSCONというミステリ系ファンイベントから講演依頼があり、東京創元社の編集F嬢とともにいそいそと出かけた。ちょうど、この『ずっとお城で暮らしてる』の解説のお話をいただいたところだったので、二人して、いかにシャーリイ・ジャクスンが好きかを主張しながら、駅から会場までの道を歩いた。

ジャクスンといえば『たたり』という題名で映画化された『丘の屋敷』（創元推理文庫）が有名だが、不気味な短編集『くじ』（早川書房）も素晴らしい。わたしは、入手不可になっていたこの短編集を図書館で探してコピーし、大事に保管していたら早川からあっさり新装版が出てしまって、三日ぐらいしょげていた。F嬢は、ダイアン・フォーチュンの『心霊的自己防衛』やプイグの『このページを読む者に永遠の呪いあれ』など、素敵なタイトルに惹かれて本を手に取ることも多いらしく、ジャクスンとの出会いもたしかそうだった、という。

歩いたり、立ちどまったりしながら、ジャクスン話に花を咲かせ、ようやく会場に着いた。しかし、映画も有名な『丘の屋敷』や新装版が出たばかりの『くじ』はともかく、最後の長編となった『ずっとお城で暮らしてる』のほうは、平成六年に学研ホラーノベルズから刊行されたものの、長らく入手不可になっていたので、残念ながら、存在を忘れられつつあるのかもしれない、という気がし始めた。

そこで、会場の控え室でサイン本をつくりながら、コーヒーを持ってきてくれた若いスタッフになにげなく聞いてみた。

「あのね、君、『ずっとお城で暮らしてる』っていう本……」

すると青年は顔を輝かせ、(いや、実話なのだが)お盆を片手に、内緒話のような小声で歌いだした。

「お茶でもいかがとコニーのさそい、毒入りなのねとメリキャット……」

「あらっ、歌えるの」

「大学のミステリ研究会で、みんなで歌いました」

なんだ。ぜんぜん忘れられてなかった。

シャーリイ・ジャクスンは一九一〇年代、アメリカのサンフランシスコで生まれ、カリフォルニアで少女時代を過ごした。一九四〇年に大学を卒業、文筆家のスタンリー・エドガー・ハイマンと結婚した。

その後、雑誌に短編小説を発表し始め、四八年に《ニューヨーカー》誌に掲載された傑作短編「くじ」が話題になる。これは、狭い町で年に一度、くじ引きで犠牲者を決め、石を投げて殺すという恐怖小説で、一度読むと忘れられず、同じ刺激を求めて、ジャクスンの既刊本を探しに本屋を図書館を知人の書庫を幽鬼のように彷徨《さまよ》う羽目になること必至の怪作である。

私生活では四人の子供の母親として家事をこなし、コミカルな育児ノンフィクション『野蛮人との生活』（早川書房）なども書いたが、やはり恐怖小説の作品が多く、生涯に長編を六本、短編集を四冊（うち一冊は遺稿を含め死後に出版された）刊行している。一九六五年、ヴァーモント州にて四十代で死去した。

『ずっとお城で暮らしてる』は、スティーヴン・キングが激賞したことでも知られる『丘の屋敷』と並び、ジャクスンの代表作となる長編小説である。主人公はメアリ・キャサリン・ブラックウッド。略してメリキャット。姉のコンスタンスと共に立派なお屋敷で暮らす少女だが、そのお屋敷では数年前に、メリキャットの両親、弟、そして伯母がブラックベリーにかけた砒素入り砂糖で毒殺される怪事件が起こっている。そのときメリキャットは父にお仕置きされて部屋に追いやられており、料理をしたのは姉のコンスタンスだった。コンスタンスは金髪碧眼の美女だが、事件で家族殺しの犯人扱いされて以来、お屋敷から出ることができずにいる。メリキャットは姉の代わりに、週に二度、村に食料品を買いに出かけては「メリキャット　お茶でもいかがと　コニー姉さん／とんでもない　毒入りでしょうと　メリキャット」と子供たちに囃《はや》し立てられながらすごすごと戻ってくる。世話をする両親がいないメリキャットはいつも髪がボサボサで、ボロ服に身を包んでおり、また、少しずつ頭がおかしくなってきてもいるようだ。魔除けのつもりで、死んだ父の本をお屋敷の周りの木に打ちつけたり、ドル硬貨を土に埋めるなど、魔女になりきった一人遊びをしては、姉を邪悪な来訪者から守っているつもりでいる。しかし、そんな折、怖れていた来訪者が——姉妹の従兄を名乗る若い男が現れた。メリキャットは警戒するが、美しいコンスタンスは男をお屋敷に招きいれてしまう……。

ジャクスンの作品を読むたびにわたしが感じるのは、からだを駆け巡る〝虫唾《むしず》が走るような不快感〟で、しかもそれは、苦いのに不思議と癖《くせ》になってしまう、妙な味だ。女性作家の手になる、妙齢の女性や少女を語り手にした物語の多くは、主人公が等身大で、読者としては自己投影しながら読み進めることが容易だ。しかしジャクスンが描く主人公に限っては、そんな読み方は許されない。読みながら心に、ぶつぶつ、ぶつぶつとグレーの泡が立つのがわかるだろう。しかし、いやなのに、引きこまれる。紛《まぎ》れもなく恐怖小説で、女性作家の筆になるものだが、ジャクスンが描いているのは女の怖さではなく、性別も年齢も国境も超えたところにある、〝弱者のとほうもない怖さ〟だと思うのだ。

狭い町やお屋敷の内部など、ある種の閉塞状況を舞台にすることが多いので、読みながらわたしは、自分が暮らした田舎町の記憶を蘇らせてしまった。みんなが同じぐらいの広さの土地を買って、同じような規模の家を建てた、ちいさなかわいらしい町。大通りに郵便局、スーパー、本屋、雑貨屋、美容院などが並んでいるから、町を出なくとも生活はできる。毎日、毎年、あぁ、いつまでも、同じ顔ぶれの老若男女が歩いている。家族構成も経済状況も似ている人々だから、ほんの少しの欠落が、すごく目立つ。だから、欠落を抱えてはいけないし、かといって過剰でもいけない。でも誰にでも、欠落も過剰もあるのだ。ほんとうは……。一方で、なにも隠さず生きる子もいた。子供の頃、近所にいた苛められっ子の家は、みんなの家より土地がちょっと狭くて、それに一軒だけ平屋だった。体も弱くて、同い年の子より一回り小さかった。いい子ならみんな仲良くしただろうが、ちょっとばかり不思議な子だった。そう、メリキャットみたいな子だった。見えないものを見ているようだった。苛めたりしなかったけれど、とくに親しくもならなかった。興味はないのに、苛立ちだけを感じ続けた。目立たないように気をつけて生きながら、欠落も過剰も隠さないあの子のことは、なるべく考えないようにしていた。弱者なのに、あの子はいつだって楽しそうだった。ただ、それだけのこと……。いまどうしているのかは、知らない……。

誰でも、子供の頃の記憶を紐解《ひも》くと、瞳孔《どうこう》を見開いてこちらをみつめるメリキャットの頭が、ゴロリと転がり落ちてきてしまうのではないか。欠落と過剰をあふれさせる、あの子の顔。もしくは、それを隠そうとする、己の顔。真夜中の鏡に映った見慣れない自分のような、苛立たしい、永遠の子供メリキャット。ジャクスンの作品が怖ろしいのは、かつて見て見ぬふりをした弱者に、とつぜん目の前に立たれて、耳元で「わたしのことが嫌いなのね？　あなたはいつだって目をそらしていた」と、責められたような気持ちになるからだ。

物語中でメリキャットが死ぬほど怖れる、村人の悪意が——、ラスト近くでお城を破壊するほどの、まさに〝燃えるような〟憎悪が——、どこまで現実の出来事だったのかはわからない。彼女は本当に狂っていて、すべては被害妄想だと言ってしまうこともできる。しかし、読者である自分の心に、共同体における、無関係なはずの弱者への、理不尽なほど激しい憎悪と、自分が憎悪される対象になる怖れがあることを知っているから、メリキャットの恐怖を否定できない。そんなものは幻だ、村人はみんな常識的にふるまう善人なのだとは言い切れない。

悪意は、在る。

ほら、ここに！

わたしのメリキャットのことを思いだすと、こんなに大人になったいまでも、自分が変わらず臆病なこと、いまでもあの子に苛立っていること、そして、すぐそばにその気配を感じ続けていることに気づく。善良なはずの自分の中に、虫唾が走るようななにかがずっと流れていたことを思い知り、ぞっとする。メリキャットはいつまでもお城で楽しく暮らしているだろうし、わたしたちはその外に立って、そんなものはこの世に最初っからないふりをして生きているのだ。

これこそ、本当の恐怖小説。本書『ずっとお城で暮らしてる』は、ちいさなかわいらしい町に住み、きれいな家の奥に欠落と過剰を隠した、すべての善人に読まれるべき、本の形をした怪物である。

検印
廃止

訳者紹介 1966年生まれ。お茶の水女子大学文教育学部卒業。英米文学翻訳家。訳書にジャクスン『なんでもない一日』，リー『薔薇の血潮』『死せる者の書』『狂える者の書』，ジョイス『人生の真実』などがある。

ずっとお城で暮らしてる

2007年8月24日 初版
2019年1月11日 11版

著 者 シャーリイ・ジャクスン

訳 者 市《いち》田《だ》 泉《いづみ》

発行所 (株)東京創元社
代表者 長谷川晋一

162-0814/東京都新宿区新小川町1-5
電 話 03・3268・8231-営業部
03・3268・8204-編集部
URL http://www.tsogen.co.jp
振 替 00160—9—1565
精興社・本間製本

乱丁・落丁本は，ご面倒ですが小社までご送付ください。送料小社負担にてお取替えいたします。

ISBN 978-4-488-58302-6 C0197